散落星河的記憶

第一部 迷失（下）

桐華 著

目 錄

Chapter 10 有我在，不要怕 004

Chapter 11 在一起就好 038

Chapter 12 我想我很愛你 063

Chapter 13 從天堂到地獄 088

Chapter 14 為你活下去 106

Chapter 15 我們離婚吧 137
Chapter 16 心動的感覺 160
Chapter 17 久別重逢 181
Chapter 18 每個人都有祕密 199
Chapter 19 絕地復仇 216

Chapter 10

有我在，不要怕

她以為洛倫公主已經永遠消失在茫茫星海，永遠不可能再出現時，
真的洛倫公主竟然出現了。

阿麗卡塔星有兩個衛星，也就是每晚能看到兩個月亮，被叫做雙子星，大一點的那個叫大雙子星，小一點的那個叫小雙子星。

據說當年開發雙子星時，聯邦剛剛統一，首任執政官大筆一揮，只為聯邦保留了小雙子，慷慨地把大雙子交給七位公爵，由他們共同開發。

七位公爵剛開始笑得無比得意，後來發現自己又被執政官那小狐狸算計了，只能苦笑著幹活。大雙子星比阿麗卡塔星略小，環境卻極其惡劣，如果完全改造成適宜人類居住的星球，所需費用會是一個可怕的天文數字。

七位公爵反覆商量後，決定只把星球的八分之一改造得適宜人類居住，剩下的八分之七，維持本來的樣子。

一個無奈之舉，後來竟慢慢發現了好處。

在這個星球上，有人類建造的宜居地，可以保證物資供給和生命安全；有廣袤的蠻荒地帶，可

以探險，滿足了不少人的需求。

有人想要突破體能關卡時會來此歷練強化；有人被自然性異變折磨時，會來此發洩體內的獸性；有人則是專門為了看異種，慕名前來觀光旅遊。

七位公爵順勢而為，索性把它當成一門生意經營，賺得盆滿缽滿。

洛倫跟隨辰砂走下飛船時，正好看見兩隊人馬因為一個停泊位置大打出手，一時間槍來刀往、血肉橫飛，可來來往往的人都很淡定，也沒有警察出現，這在阿麗卡塔完全是無法想像的。

直到他們分出勝負，才有個叼著煙斗，穿著髒兮兮工作服的男人出現，懶洋洋地報出一串數字，收取公共設施維護費。

有人不願意繳，叼著煙斗的男人直接一拳打下去，打到對方乖乖繳錢為止。

洛倫小聲問：「那樣合法嗎？」

辰砂淡淡說：「他能打到沒有人敢去告他，就合法。」

洛倫傻眼了。

這星球和阿麗卡塔像是兩個世界，似乎仍在戰火紛飛的星際拓荒時代，適者生存、勝者為王。

洛倫邊走邊看，一臉沒見過世面的呆傻樣。

辰砂放慢腳步，跟在她身旁。

太空港內人頭攢動，不管看上去多文弱的人，都有一雙精明凶悍的眼睛。

他們看到洛倫時，都凶相畢露，可瞥到辰砂，立即收斂迴避。

洛倫發現所過之處，人人讓路，不管再擁擠的地方，都會給他們留下一條通道，不禁好奇地打量辰砂。

他沒有穿軍服，很普通的星際探險者打扮，下身長褲、長靴，上身夾克、帽子，還戴著遮住了半張臉的護目鏡，應該完全認不出他是誰。

洛倫問：「他們認識你？」

「不認識，只是嗅出了危險。」

洛倫用力吸吸鼻子，「怎麼嗅？一種異能嗎？」

「不是異能。經歷的生死多了，自然就能嗅出危險的味道來。」

洛倫興致勃勃地指著自己，「我呢？他們從我身上嗅出來的是什麼味道？」

「肥羊。」

洛倫不滿，「我看上去像肥羊？好歹我也是B級耶！難道這裡B級體能者都滿街跑？」

「在大雙子星上，D級體能的人也能把妳宰了。」

洛倫在心裡默默地撓牆，嗚嗚……被嚴重鄙視了！

✷ ✷ ✷

出了太空港，辰砂帶著洛倫找到來接他們的人。

一個長著一張甜美可愛的蘿莉臉，脖子上卻有一圈恐怖疤痕的女人，她的耳朵像是兩個精緻的小喇叭，聳立在捲曲蓬鬆的短髮中，應該是聽力異能者。可是，她一直懶洋洋地坐在破舊飛車的前蓋上，好像什麼都沒聽見，直到辰砂和洛倫走到飛車邊，她才俐落地一個翻身，直接從車窗鑽進了車裡。

車門打開，她勾勾手指，示意他們上車。

未等洛倫坐穩，飛車一個急轉彎，衝了出去。

洛倫往前一撲，磕得腦袋生疼，急忙四處找安全帶。

蘿莉臉女人瞥了洛倫一眼，一邊把飛車開得上躥下跳，一邊笑嘻嘻地說：「隨便找個地方抓緊，在大雙子星上從來沒有安全帶那玩意。」

洛倫忙抓住前面座椅的椅背，穩住身子。

蘿莉臉女人說：「我叫宿七，是賣身給第一區公爵家做有償服務的奴隸。」

她伸出一隻手，想要和洛倫握手，剩下的那隻手把車開得更加狂野疾速。

這真的不是好的社交時間啊！洛倫心跳加快，一手緊緊地抓著椅背，勉強地抽出另一隻手，迅速地和她握了握。

「妳好，我叫……」車猛地往上一提，躍過一輛差點撞上來的飛車，洛倫的身子彈起，頭直接撞到車頂上，什麼話都說不出來了。

「敢超老娘的車！」宿七咒罵完，引擎轟鳴，車開得野馬奔騰、金蛇狂舞。

洛倫還沒落回座位，又是一個急轉彎，被直接甩向車窗，就在整張臉都要撞到玻璃窗上時，辰砂伸出手，半攬著洛倫的肩，把她穩穩地固定在座位上。

洛倫牢牢抓住辰砂這個人形扶手，伴隨著瘋狂的顛簸，把剩下的話補完：「我叫洛倫。」

＊＊＊

洛倫被顛得七葷八素時，飛車終於降落了。

眼前是一棟古樸雄偉的兩層城堡，四周種著大片的紅玫瑰，城堡前的草地上豎著第一區的旗幟，上面是一把豎立的黑色無鞘長劍，劍身上纏繞著火紅的玫瑰花。

洛倫下意識地低頭看了一眼手腕上的個人終端機——鏤刻著紅色玫瑰花的手鐲。

原來，手鐲上的玫瑰花不只是因為好看，還另有因由。

連綿起伏的山坡上，還能看到其他幾棟城堡散落在四處，每棟城堡前也有一面旗幟在飄揚。

洛倫好奇地張望，「那是……」

「其他六位公爵在大雙子星的辦事處。」宿七不懷好意地咧嘴一笑，「大家住得近的唯一好處就是打架方便。若有人找你麻煩，盡快說明身分，否則被揍就罷了，砍了手或剁了腳就不好了。」

洛倫一臉震驚地看著遠處的城堡。

辰砂掃了一眼宿七。

宿七急忙換上溫柔的表情，捏著嗓子說：「不用擔心，真被砍斷手腳，也能做斷肢再生手術，只是那滋味永生難忘。」

洛倫覺得她的安慰更像恐嚇。這到底是什麼地方啊？在阿麗卡塔時，覺得七個公爵之間也沒什麼大衝突或對峙，怎麼到了這裡，感覺大家全是仇人了。

宿七一隻腳已經跨進大門，又硬生生停住，指指山頂，「那裡是執政官的地盤，他養了一些很討厭的寵物，沒事千萬別去招惹。」

洛倫仔細瞅了一眼，鬱鬱蔥蔥都是樹，什麼都看不到。

＊　＊　＊

宿七為洛倫安排的房間在二樓，爬滿綠藤的窗戶正對著一個玫瑰花園。

紅色的玫瑰花開得熱情如火、美得驚心動魄，據說是以前的公爵夫人最喜歡的房間。

宿七說：「妳要是不喜歡這些刺眼的花，我幫妳換房間。」

「不用了，我覺得挺漂亮的。紅色玫瑰在古地球象徵愛情，每個女人都喜歡看到這樣的花。」

宿七滿臉困惑，「用脆弱的花代表愛情，那個時代的女人到底是相信愛情還是不相信愛情？」

洛倫笑起來，「妳覺得該用什麼東西代表愛情？」

宿七一臉便祕的表情，「我走了，妳有事就去找家政機器人。」

要關門時，她忽然回頭，指指房屋正中的大床，嚴肅地說：「城堡看起來老舊，可建築材料都是最好的，隔音非常好，不用擔心晚上運動會被我聽到。」

呃……換洛倫露出了一臉便祕的表情。

洛倫收拾完行李，四處看了一圈，發現梳粧檯上有一個已無能量的3D相框，螢幕漆黑一片。

她看著有點怪，隨手把相框收到抽屜裡。

洛倫再次查看個人終端機：兩條助理詢問工作的訊息，一條封林問候平安的訊息，依舊沒有千旭的消息。

她一一回覆後，又發了一條訊息給千旭。

「我會在大雙子星待六個月。這裡和阿麗卡塔有時差，你聯絡我時，我可能無法及時回覆。」

洛倫等了一會兒，個人終端機一直靜悄悄。

她張開雙手，仰躺在床上，呆呆地看著屋頂。

＊　＊　＊

休息了一天，調整完時差，身體狀態最佳時，洛倫開始特訓。

辰砂為她安排體能為主的課程，但不局限體能，還有槍械、荒野逃生，甚至小型飛船的駕駛。

洛倫到訓練室後，宿七把一套訓練服遞給她，「去換上。」

洛倫換完衣服，左右看看，「辰砂沒來嗎？」

宿七笑得詭異，「辰砂要先處理公事，不過，我相信這幾天的課程妳都不會想見到他。」

宿七把洛倫關進小型星艦模擬艙中，模擬太空中可能的各種極端狀況。一會兒重力加速，一會兒失重懸浮，一會兒急速旋轉，每當她覺得要暈過去時，訓練服就會自動釋放電流將她電擊清醒。

半個小時後，洛倫眼冒金星，雙耳轟鳴，搜腸刮肚，吐得滿艙都是。

宿七把重力突然調整為零，洛倫和她的嘔吐物一起漂浮起來。

刺鼻的酸臭味、黏糊糊的觸感，讓洛倫覺得自己好像在用嘔吐物泡澡，簡直是全宇宙最噁心的噩夢。

宿七打開模擬艙後，人立即消失，只透過通訊儀，留下一段嫌棄的話：「太噁心了，自己打掃乾淨！」

洛倫全身無力，站都站不起來，完全是手腳並用，爬出了模擬艙。

她掙扎著進入浴室，把水流開到最大，從頭到腳地沖刷自己。

直到全身的皮膚都感覺到刺痛時，才覺得自己終於乾淨了。

洛倫穿好衣服，走出浴室，看到地上和模擬艙裡一片狼藉，想到宿七說的「自己打掃乾淨」，雖然不明白為什麼不用機器人，但洛倫一直信奉誰的專業領域誰做主，現在宿七是專業人士，既然吩咐了，她就要照做。

洛倫在打掃時，胃裡直犯噁心。

幸虧能吐的已經都吐出來了，胃裡早就全空，彎下身乾嘔幾聲後，繼續打掃。

花費了半個小時，把環境打掃乾淨，又沖了個澡，換上乾淨衣服，洛倫才覺得噁心的噩夢終於結束了。

洛倫走出訓練室，宿七看她出來得挺快，以為她沒有打掃。

宿七鄙夷地想，這些身分尊貴的少爺小姐們剛來時，都是這副臭德行，非要狠狠修理幾頓才知道厲害。

她皺著眉打開監控螢幕，沒想到模擬艙內外乾乾淨淨。

宿七挑了挑眉，神情緩和地發訊息給辰砂：「看在你的假老婆聽話的份上，訓練費打八折。」

「假？」辰砂關心的重點顯然不在後半句。

「你們倆那樣子一看就還沒睡過！要不是我車技好，你們能拉小手？不用謝！」

辰砂問：「訓練如何？」

「吐得一塌糊塗，不知道她還有沒有勇氣堅持。」

「有。」

這麼肯定？宿七摸摸自己捲曲短髮中聳立的小喇叭耳朵，打開單向視訊，打算好好打一把辰砂的臉。

＊　＊　＊

辰砂正坐在會議室內，一邊等待執政官，一邊和宿七說話，冷不丁地面前就出現了虛擬成像的畫面——

訓練室外，洛倫搖搖晃晃地走過來。

宿七笑瞇瞇地問：「怎麼樣？還能繼續嗎？」

洛倫雙腿發顫，聲音都變了調，「還要繼續？」

「當然！失重、躍遷、翻轉、加速、撞擊，都是星際航行中經常碰到的事，想要從容應對，沒什麼捷徑，就是吐啊吐，吐習慣就好了，所以妳就多練習吧！」

洛倫臉色蒼白，眼神呆滯，傻呼呼地站了一會兒，咬咬牙，轉身往回走。

宿七看她踉踉蹌蹌，一碰就倒的樣子，卻自始至終都沒有說不行。

雖然今天的訓練時間才半個小時，可每次都是已經超出身體承受極限、要暈過去時，被電擊醒來、繼續訓練，可以說一直在挑戰極限，非常人能忍受。

根據宿七的經驗，洛倫這回能站著已經完全是靠毅力在硬撐，可她居然有膽量繼續。

不對！也不是她有膽量，看她的樣子，明顯很害怕，只不過，她能明明害怕卻依然不放棄。

「哎！洛倫，我說的是明天繼續！不是今天！」

就在洛倫要再次進入訓練室時，宿七出聲叫住了她。

「明天？」

洛倫噗通一聲，軟坐在地上，如釋重負地笑起來，「我還以為是今天，嚇死了！明天就好！」

宿七無語。訓練過那麼多人，第一次看到訓練結束後，聽到明天要繼續訓練還能笑得這麼開心的女人！變態！果然和辰砂在一起的人都是變態！

宿七摸摸自己的喇叭耳朵，鬱悶地把視訊關了，打臉未成反被打啊！

視訊關閉的瞬間，辰砂察覺到執政官已經在會議室內，立即站起，「執政官。」

執政官抬了下手，示意他坐，「高強度的訓練有可能導致頭痛失眠，可以建議公主喝一點添加陰性精神鎮定劑的飲料。」

「是。」

執政官走到自己的位置坐下。

會議室的智腦確認了他們的身分後，詢問：「預訂的會議時間到，請問開啟會議嗎？」

「開啟。」

棕離、紫宴、楚墨栩栩如生的虛擬身影出現在會議室內。

棕離對執政官說：「在紫宴彙報事件調查結果前，有一件事，我想提一下。」

「請講。」

棕離點擊會議桌上的螢幕，會議室裡出現兩幅立體圖像，是兩個破損變形的東西，辨認不出本來的形狀。

智腦開始模擬修補，畫面上可以看到它們逐漸恢復原狀，變成了兩個一模一樣的注射器。

棕離說：「圖像1的注射器是在刺殺執政官的宴會廳發現的，不清楚當時發生了什麼事，注射器自動銷毀。圖像2的注射器是在襲擊公主的殺手身上發現的，殺手當時受到猛烈的槍擊，注射器正好被子彈射中，導致自動銷毀。」

楚墨把注射器放大，介紹說：「這是一種特殊製造的注射器，為了防止其他人透過殘留的藥液分析出藥劑成分和藥劑功用，有特殊的自毀裝置。藥劑注射完會自動銷毀、非正確使用會自動銷毀、非正確貯藏會自動銷毀。我嘗試過了所有方法，檢測不出裡面的藥劑。」

執政官說：「裡面的藥劑應該非比尋常吧！」

楚墨說：「是的，我們也有這種注射器，裝的藥劑都是絕對不能外洩的藥劑。」

棕離說：「出現一次是偶然，出現兩次必定有原因。鑑於注射器兩次出現時，公主都在現場，我懷疑他們是想給公主注射什麼。我想找公主詢問一下，也許會有線索確認我的推測。」

紫宴問：「給公主注射藥劑，目的是什麼？」

「肯定不會是普通的迷藥或毒藥。我的推測是他們想破壞公主的基因，如果成功的話，公主有可能死亡、有可能生病、也有可能變成怪物。」楚墨歎了口氣，「各個星國都在進行祕密的基因研究，不知道他們會研究出什麼可怕的東西。」

會議室裡陷入了沉默。

一瞬後，辰砂冰冷的聲音響起：「此事暫時不要讓洛倫知道，我會找機會問她注射器的事。」

「我堅決……」棕離想反駁，可剛張嘴就看到執政官沒有溫度的視線掃了過來，他頭皮發麻，只能臨時改口，「……沒有意見。」

紫宴竊笑，執政官瞪了紫宴一眼，紫宴立即收斂笑意，做畢恭畢敬狀。

執政官問：「前兩次事件的調查結果為何？」

紫宴說：「根據行事風格和行動手段，篩選出了十六個有能力執行此類任務的傭兵團。根據一個殺手的說話口音，在十六個傭兵團中，鎖定了M2-9星域的蝴蝶兵團。」

智腦開始介紹蝴蝶兵團的資料：團長、副團長的體能級別、擅長武器；兵團所在星球、星球環境；兵力人數……

智腦介紹完畢後，紫宴說：「目前無法得知究竟是誰雇傭蝴蝶兵團，需要我派人潛入兵團搜集資訊嗎？」

執政官說：「太慢了。我打算去一趟M2-9星域。」

「做什麼？」

執政官輕描淡寫地說：「拿到他們的中央智腦，應該就能知道是誰出的錢了。」

紫宴默默地給蝴蝶兵團點了一排蠟燭。

＊　＊　＊

辰砂回去時，已經是晚飯時間。

隔著落地大窗，他看到洛倫坐在火紅的玫瑰花叢中，拿著一罐營養劑，像是喝藥一般喝著。

辰砂拿了一杯幽藍幽綠，端出去遞給洛倫。

洛倫搖搖頭，表示拒絕，「我現在看到水都噁心。」

「陰性精神鎮定劑能緩解疲勞、幫妳入睡。好好休息一夜，明天就好了。」

洛倫接過飲料，放在一旁，「我喝完營養劑再喝。」

她想到離開訓練場時宿七的話，覺得未來的每一天都很黑暗，「明天也好不了，宿七說『明天繼續，直到妳不但不吐，還能在各種狀態下完成我要求的動作』。」

辰砂雙手插在褲袋裡，面無表情地提議：「可以放棄。」

洛倫做鬼臉，「休想!」

辰砂打開個人終端機，一個注射器的圖像出現在洛倫面前。

「見過這種注射器嗎?」

洛倫仔細端詳，「有點眼熟，但好像不是我在研究院裡見過的注射器。」

「也許和行刺執政官有關。」

「哦！哦……我想起來了，就是執政官遇刺，我被綁架的那個晚上，有一個女的想用這個弄暈我，被我發現。」洛倫得意地比劃自己當時的動作，「我就這樣、這樣……結果藥劑全部注射到她自己體內。」

辰砂一言不發地關閉了圖像。

洛倫興致勃勃地問：「怎麼突然關心起一個注射器了？難道是重要線索？」

「也許。」

「你們的調查有結果了嗎？我看紫宴一天到晚晃來晃去，根本不幹正經事。」

「快了。」

洛倫看他沒什麼興趣聊天，識趣地端起幽藍幽綠，對他晃晃杯子，「謝謝你的飲料，我去休息了。」

辰砂的聲音突然從身後傳來，「盡快把體能提升到A級，越快越好。」

洛倫詫異地回頭，上下打量辰砂，嬉皮笑臉地問：「這麼迫不及待地想和我離婚？你遇見心動的女人了？」

辰砂冷冰冰地盯著洛倫。

洛倫縮了縮脖子，換上好學生的表情，乖乖地說：「我會努力的。」

＊　＊　＊

洛倫回到房間，靠躺在床上，一邊喝飲料，一邊瀏覽最新發表的基因研究論文。

她來大雙子星前，剛提交一篇論文，如果能順利通過發表，有助於她申請基因修復師的執照。

「……在遙遠的古地球時代，人類已經提出過物種形成，又稱種化，是生物演化的一個過程。生物的物種會在演化中一分為二，形成異化的族群。種化的演化力量包括天擇、性擇、突變、基因重組、遺傳漂變、基因編輯……」

洛倫心裡咯噔一下，下意識地去查看作者名字，發現是匿名發表的文章，只有個「S」的字母代號。

洛倫想起千旭的病，心情變得沉重。

她默默地喝著幽藍幽綠，不知不覺中，大半杯沒有了。

洛倫的頭暈沉沉，身子卻輕飄飄，好像就要飛起來。恍恍惚惚間，覺得自己很放鬆、很自由，什麼束縛都沒有，想做什麼就可以做什麼。

她打開通訊錄，想和千旭講話。

她要告訴他，原來電流通過身體時，是半麻半痛的感覺，很像她想他時的感覺。

她要告訴他，躺在自己的嘔吐物裡真的是世上最難受的事，但也沒有他不回覆她訊息時難受。

她要告訴他，她其實很害怕異變後的他，但她更害怕失去他。

她要告訴他，想到他的病就會很難過，但她不敢讓他知道，只能裝作無所謂……

「嘀嘀」的蜂鳴聲不停地響著，一直沒有人接聽。

洛倫不肯放棄，一邊喝幽藍幽綠，一邊繼續撥打千旭的個人終端機。

一遍又一遍，一遍又一遍……

到後來，她越發糊塗了，把蜂鳴聲當做千旭的回應，絮絮叨叨地說話，直到沉沉睡去。

清晨，洛倫徐徐睜開眼睛。

似乎做了一個很好的夢，把積壓在心裡的負面情緒都倒了出來，全身上下，從內到外，十分清爽振奮。

她一邊伸懶腰，一邊走進浴室。

洛倫正閉著眼睛，任由個人清潔儀噴著白霧幫她洗臉，突然間，想起昨夜的夢，她不停地撥打千旭的個人終端機，喋喋不休地抱怨傾訴……

霧氣縹緲中，洛倫猛地睜開眼睛，一定是夢！一定是夢！

她虔誠地禱告了好幾遍後，才膽戰心驚地去查看個人終端機。

「天哪！」

她竟然撥打了千旭的通訊號碼上百次。

洛倫拿起清潔儀，一邊不停地捶頭，一邊鬱悶地大叫。真是要死了！要死了！怎麼做出這麼不要臉的事？

千旭看到上百次撥打記錄會怎麼想？

清潔儀不知道撞到哪裡，突然切換模式，開始噴射按摩水花，洛倫被淋得滿頭滿臉都是水。

她呆呆地站著，眼內滿是悲傷，水珠順著臉頰不停滾落。

即使她這麼不要臉了，即使她撥打了他的個人終端機上百次，千旭都沒有回覆她一則訊息。

＊　＊　＊

連續吐了五天後，洛倫終於適應了模擬艙內的各種變化。

每天的訓練時間逐漸延長到四個小時，她開始按照宿七的要求去完成各種動作。

早上是精疲力竭的體能訓練，下午是各種技能訓練，槍械使用、飛船駕駛、逃生藏匿、反跟蹤……

辰砂有時會來盯著她訓練，有時去忙自己的事，讓別的老師帶她。

幫洛倫上槍械課的男人叫宿二。

他皮膚黝黑，臉上總掛著憨厚的笑，戴著護目鏡時，看上去很和善，一旦摘掉護目鏡，看到他奇怪的眼睛，就會立即覺得他的笑容很邪惡。

宿二的眼睛發生了自然性異變，每隻眼睛由六千個複眼組成，擁有視力異能，可以有效計算出物體的方位和距離，快速判斷和反應，尤其善於定位高速移動的物體。

洛倫覺得和這樣的天才人士上課壓力太大了！比基因絕對是世界上最沒道德的事，完全輸在起跑線上！她兩隻眼怎麼和人家一萬兩千隻眼睛比啊？

宿二鼓勵地拍拍她肩膀，和善地安慰：「指揮官和大法官都是我徒弟，但都比我射擊得好。」

辰砂和左丘白……

洛倫無語地看著宿二，他和宿七從小學習的是「如何真誠地把安慰變成插刀」吧！

＊ ＊ ＊

下午，射擊訓練室內。

宿二跟洛倫講解每種槍械的優點和缺點，「永遠記住，沒有最佳的武器，只有不同情況下的最佳選擇，選擇對了是生，選擇錯了就是死……」

「砰」一聲，門突然打開，執政官站在門口。

依舊是黑色的兜帽長袍，銀色的面具，全身上下遮蓋得一絲不漏，可是，隱隱透出幾分急切，沒有以往的氣定神閒、從容不迫。

宿二愣了愣，雙腿併攏，站直行禮，「執政官！」

洛倫也反應過來，放下正在組裝的槍械，手忙腳亂地站起來，屈膝行禮。

執政官掃了洛倫一眼，對宿二說：「我找辰砂。」

「指揮官不在這裡。」

「你們繼續。」執政官轉身就走。

洛倫和宿二面面相覷。

洛倫試探地問：「執政官的靴子上是血跡吧？」

宿二肯定地說：「是血跡。應該剛出去執行任務，急急忙忙趕回來，還沒來得及換靴子。」

洛倫忽然想起，她剛來阿麗卡塔時，在視訊中見過一次執政官。

他穿著黑色的作戰服，揮手間，將一隻利齒鳥開膛剖肚，讓整個世界血肉橫飛。

洛倫問宿二：「你見過執政官他老人家……」

「老人家？」宿二滿臉驚詫，「執政官四十多歲就出任執政官了，是聯邦歷史上最年輕的執政官，哪裡老了？」

洛倫不好意思地說：「我聽到百里藍這麼叫執政官，看他們好像都有點怕執政官，就以為……你見過執政官閣下得病前、沒有戴面具的樣子嗎？」

「見過。」

洛倫好奇地問：「什麼樣子？」

宿二憨厚的臉上竟然露出一絲畏懼，「執政官還是將軍時，在軍隊裡是出名的俊俏，也是出名的冷酷血腥，你們覺得他現在看起來冷冰冰、沒有人氣，我倒覺得他戴上面具後，才有人氣。」

洛倫不相信，「永遠沒有表情的面具臉也叫有人氣？那他以前得長成什麼樣子？」

「人間極品——天使的臉，魔鬼的心，野獸的身！」

洛倫「噗哧」一聲，笑得前仰後合，直拍桌子。

宿二尷尬地說：「不是我說的，是前公爵夫人，辰砂的媽媽說的。」

洛倫的八卦精神立即熊熊燃燒，覺得能說出這種話的女人也是人間極品。她忽閃著大眼睛，一臉「繼續講、不要停」的模樣。

「莫甘納星戰役後，夫人點評說，南昭將軍沒拿敵人當人看，也沒拿自己當人看；對敵人狠，屍骨不留、寸草不生；對自己更狠，抽筋剝皮、敲骨榨髓！夫人感慨，不知道他做奴隸時到底遭遇過什麼，年紀輕輕就……」

宿二察覺自己說漏了嘴，急忙收聲。

洛倫驚詫地問：「奴隸？執政官做過奴隸？怎麼可能？」

宿二猶豫了一下，說：「執政官和妳一樣，不是出生在奧丁聯邦，他是安教授去別的星球旅行時買回來的奴隸，當時才十六歲，還沒有成年，可因為是異種，受盡了虐待，聽說剛買回來時遍體鱗傷、奄奄一息，好不容易才救活。」

洛倫聽得入神；那個少年孤零零來到一個全然陌生的世界，會不會像她當年一樣既孤獨無助、又緊張戒備？

「後來呢？」

宿二卻不肯再講了，不知道想到什麼，黯然地歎了口氣，拿起槍械，示意洛倫繼續上課。

＊　＊　＊

槍械課結束後，洛倫走出射擊訓練室，才發現千旭竟然聯絡過她。

她接受訓練和上課時，都會按照要求，關閉通訊信號，沒想到竟然錯過了千旭的音訊。

洛倫連訓練服都顧不得換，立即撥打回去。

半晌後，千旭接受了通話邀請。

洛倫急切地問：「你找過我？什麼事？」

「沒事，只是看到妳聯絡了我很多次，以為妳碰到了麻煩。」

洛倫十分羞愧，「我沒事。那天，我喝幽藍幽綠喝醉了。你……怎麼現在才回覆我？」

她屏息靜氣地等著答案。

千旭的聲音從個人終端機裡緩緩傳出，「安娜建議我接受一個封閉式心理治療，個人終端機關閉了。」

洛倫一下子鬆了口氣，敲敲自己的額頭：下次不能再胡思亂想了，悲傷欲絕半天，結果原因這麼簡單。

洛倫笑著說：「過段時間，等我回到阿麗卡塔，有個驚喜要送給你。」

「好。」

洛倫發現千旭不像之前那麼冷淡，看來安娜建議的心理治療產生了一些作用，她決定回去時，送一份大禮給安娜。

兩人又聊了一會兒，洛倫才依依不捨地結束通話。

＊　＊　＊

沖完澡，換好衣服，洛倫離開時，經過訓練場的大廳，發現往日又吵又鬧的大廳，竟然十分安靜，大家都盯著螢幕在看星際新聞。

什麼新聞這麼有吸引力，竟然讓他們連打架都放棄了？

洛倫也湊過去。

「……蝴蝶兵團從建團至今，已經八百多年，在星際的傭兵團中以行事果決、手段冷酷，深受雇主信賴，近五百年，一直是星際中排名前十的傭兵團。但是，從今天起，蝴蝶兵團恐怕要絕跡於前十名。」

畫面從兵團威名赫赫的過往歷史切換成兵團駐地被破壞的狼藉不堪。

「根據可靠消息，有人祕密潛入蝴蝶兵團的所在地，不但殺死兩名副團長，還拿走了中央智腦的資訊記憶體。一旦裡面的資訊被破譯，很多不為人知的黑色交易都會暴露，現在肯定有很多人為這個消息坐立不安……」

洛倫聯想到執政官靴子上的血跡，又想起之前在阿麗卡塔發生的行刺事件，隱隱有了猜測。

人家來刺殺他，他就把人家老窩給端了，還真是……幹得漂亮！

＊　＊　＊

洛倫離開訓練場，往第一區的城堡走時，看到山坡上一隻一米多高、五彩斑斕的大山貓叼著一個亮晶晶的圓球，正興奮地往山頂跑。

牠輕盈地躍進樹叢中，消失不見。

不一會兒，亮晶晶的球嗖一下被扔出來，遠遠地落在山坡下，山貓吼叫著，歡快地衝下山坡去撿球。

面具人可真會玩！洛倫呵呵一聲，小心地繞過山貓的奔跑路徑。

沒想到，山貓叼著圓球回來時，沒有回山頂，竟然朝她跑過來。

洛倫嚇了一跳，撒腿就跑，指望著甩掉牠。

不料，山貓看她跑，以為她在陪牠玩，興奮得緊追不放，還試圖跳起，從背後撲倒她。

在洛倫眼裡，山貓的舉動變成了不依不饒、凶性大發，她只能跑更快了。

✷　✷　✷

紫宴遠遠就看到洛倫沿著山坡七拐八繞，跑得飛快，山貓在後面狂追。

他開著飛車在洛倫頭頂上慢慢盤旋一圈，發現山貓沒有惡意，便好整以暇地看起戲來。

洛倫衝著他又叫又跳，「喂！喂……」

紫宴探出腦袋，笑瞇瞇地朝她揮手，「妳慢慢玩。」

他開著飛車，竟然飛走了。

洛倫簡直氣絕，見死不救也可以這麼正大光明嗎？

不過，看到飛車離去的方向，洛倫突然有了主意。

她朝山頂跑去。執政官總不能眼睜睜地看著他的寵物把一個公爵夫人咬死吧！

✷　✷　✷

飛車停在執政官的城堡前。

執政官背靠一株巨大的橡樹，坐在草地上，安靜地注視著山坡下。

紫宴跳下飛車，眺望著一前一後朝山頂跑來的洛倫和山貓，「猞猁嘴裡的東西……不會就是那個攪得整個星際都睡不好覺的東西吧？」

執政官淡淡說：「是。」

紫宴輕佻地吹了聲口哨，「您可真會玩！」

＊　＊　＊

洛倫氣喘吁吁地跑過一片灌木林，看到紫宴和執政官。

混蛋和面具人，選哪個？

她硬著頭皮衝到面具人身旁，山貓緊隨其後，也跟過來。

紫宴探手去拿山貓嘴裡的圓球。

山貓敏捷地閃避開，弓起身子，瞪著紫宴，發出警告的低吼聲。

「乖！我給你一個更好玩的東西！」紫宴拿出幾張塔羅牌哄山貓。

山貓不理他，優雅地走到洛倫身旁，拿頭蹭洛倫的腿。

洛倫嚇得一動也不敢動，可憐兮兮地看著執政官。

執政官說：「牠在討好妳，妳拍拍牠的頭，把手伸向牠。」

洛倫慢慢地伸出手，輕輕拍了下山貓的頭，把手掌攤開。

山貓把圓球放在她掌心，滿意地叫了一聲，挨著洛倫的腳臥下。

紫宴滿臉詫異，「妳給猞猁餵了什麼迷藥？」

洛倫心裡仍在哆嗦害怕，可是能勝過紫宴這個混蛋，她立即得意起來，「有些人的人品太差，貓嫌狗不愛！」

紫宴嗤笑，勾勾手指，「把資訊記憶體給我。」

什麼？這就是新聞裡讓很多人失眠的東西？洛倫舉著手裡的圓球，疑問地看向執政官。

執政官點了一下頭，洛倫把亮晶晶的圓球拋給紫宴。

紫宴食指頂著圓球轉圈玩，「拿這東西去釣魚，合適嗎？」

執政官淡淡說：「魚藏得深，魚餌沒點誘惑力怎麼行？」

洛倫覺得自己好像聽到了不該她聽的事，正要開口告辭，安達從城堡裡急匆匆跑來，「執政官，有重要的新聞。」

「什麼新聞？」

安達點擊個人終端機，虛空中投映出正在播放的星際新聞。

是一個記者會。

主持人興奮地說：「龍血兵團雄霸星際傭兵團榜首已經幾千年，比很多星國的歷史都長。不管是雄霸一方的星國，還是縱橫太空的星際海盜，都不願和龍血兵團正面為敵。眾所周知，龍血兵團不但是星際中最有威名的兵團，還是星際中最神祕的兵團，迄今為止從沒有人見過龍血兵團的團長。但是，今天，就在今天，神祕的兵團長將會現身……」

主持人開始介紹龍血兵團過往的輝煌戰績。

紫宴笑說：「倒的確是很神祕，聯邦的資料庫裡也一直沒有這位龍頭的身分資料。」

主持人喋喋不休的聲音突然中斷，畫面上出現一個發言臺。

簡單肅穆，沒有多餘的裝飾，只是背景有點特別。中間是NGC7293的動態星雲圖，在星雲四周的虛空中，兩條長龍盤旋，雙頭昂起、相對咆哮，好像牠們吐出的雲霧形成了NGC7293星雲。

兩個人出現在發言臺上，一個是身形魁梧、神情陰沉的男人，一個是皮膚白皙、身材惹火的美豔女郎。

男人不疾不徐地說：「我是蝴蝶兵團的團長查爾，因為蝴蝶兵團遭受嚴重的襲擊，蝴蝶兵團宣布，自願加入龍血兵團。」

美豔女郎微笑著說：「我是龍血兵團的刺玫，奉兵團長的命令向全星際發布以下聲明：從今日起，蝴蝶兵團將由龍血兵團接管。」

查爾團長說：「蝴蝶兵團遭受不明組織的嚴重襲擊，但兵團中央智腦的資訊記憶體很安全，沒有被盜走，現在已經交給龍血兵團保管。」

刺玫肅容說：「我代表龍血兵團嚴正告誡襲擊蝴蝶兵團的組織，不要散布不實謠言、惑亂人心，也希望公眾不要相信他們居心險惡、栽贓嫁禍的假消息……」

洛倫下意識地去看執政官和紫宴，他們一個是永遠沒有表情的面具臉，一個是永遠笑嘻嘻的混蛋臉，似乎都沒有什麼大的反應。

紫宴拋玩著手裡的圓球，「難道這個是假的？」

執政官淡淡說：「如果是假的，不需要這麼大張旗鼓地開記者會吧。」

紫宴笑讚：「龍血兵團好手段！現在真的也是假的了，不管流出什麼消息，他們都可以說是居心險惡的栽贓嫁禍！」

查爾和刺玫恭敬地往兩邊讓開，一個穿著金色龍鱗鎧甲、戴著龍頭盔的男人突然出現。他站在兩條巨龍的頭顱中間，身後是瑰麗的星雲，仿若一個威風凜凜、屹立在天際的戰神。

兵團長盯著前方，好像正看著某個特定的人，「我是龍血兵團的團長，如果你想要它裡面的消息，來找我！」

他抬起金屬包裹的手，上面是一個亮晶晶的圓球。

紫宴唯恐天下不亂地搧風點火：「執政官，他在挑釁你耶！」

洛倫像是突然被雷擊中，耳朵轟鳴、心如擂鼓。

這個聲音、這個聲音……

她忘記了置身何處，腦子裡只瘋狂地轉著一個念頭：究竟是不是他？

紫宴和執政官都留意到洛倫的異樣。

紫宴說了聲「停」，視訊驟然停止，龍血兵團的兵團長定格在虛空中，似乎正凝視著視訊前的他們。

洛倫沒有任何反應，就好像魂魄都被攝走一般。

「公主！」紫宴拍了下她的肩膀。

洛倫被嚇得一個哆嗦，下意識要後退，卻被腳邊的山貓絆了一下，一屁股坐在山貓背上。

山貓轉過頭，張開嘴，不滿地「啊嗚」一聲，洛倫卻完全忘記了害怕，竟然手撐在山貓的頭頂，站了起來。

她臉色蒼白，微笑著說：「正看得入神，你突然出聲，嚇了我一跳。」

「是嗎？」紫宴難得地沒有說譏諷的話。

洛倫表面上已經恢復如常，對執政官屈膝行禮，「我該回去了，謝謝您的招待。」

✷ ✷ ✷

洛倫匆匆趕回城堡，衝進自己房間，鎖緊了門。

她躲在浴室裡，搜索龍血兵團的新聞。

星網上龍血兵團的腦殘粉絲非常多，不一會兒工夫，已有了跪舔兵團長大人的個人視訊短片。

洛倫點擊播放，聚精會神地豎起兩隻耳朵傾聽。

「我是龍血兵團的團長，如果你想要它裡面的消息，來找我！」

自始至終，兵團長就說這一句話。

洛倫閉著眼睛，反反覆覆聽了很多遍，終於肯定了自己不願面對的事實。

是穆醫生！

如果這個世界上，不是有人說話的聲音和穆醫生一模一樣，那麼這位史上最強兵團的神祕兵團龍頭，就是洛倫公主的戀人穆醫生。

洛倫的心噗通噗通直跳。

她以為洛倫公主已經永遠消失在茫茫星海，永遠不可能再出現時，真的洛倫公主竟然出現了。

她就在那裡，隱藏在穆醫生的強大身影後，譏諷地看著她，似乎分分鐘鐘都有可能走到她的面前，指著她的臉，對所有人說：「她是假的，是一個騙子！」

穆醫生身穿鎧甲的身影，像一座巍峨的山一樣壓迫在洛倫的心頭。

其實，不應該驚訝！

如果穆醫生不是這樣的人物，又怎麼有膽子和手段在兩大星國的眼皮下移花接木、偷梁換柱。

只不過她一廂情願地把一切簡單化了。

凝視著虛擬影像中這個給予她新生命的男人，洛倫驚慌恐懼。

穆醫生、龍血兵團的團長、刺殺執政官……

洛倫不知道究竟發生了什麼事情，但是她聞到了陰謀的味道。

第一次，她開始真正考慮放棄洛倫公主的身分。

苦苦努力了十年，可只要穆醫生一句話，她就會被打回原形，依舊是那個一無所有的死刑犯！

滿心絕望中，她突然想到千旭，就像是在茫茫大海中將要溺死的人終於看到了一個島嶼。這個世界上還有一個人認識真實的她！她不是一無所有，她還有千旭！

洛倫心慌意亂，急切地打開通訊錄。

她只想聽千旭真實地叫她一聲「駱尋」，告訴她：「沒有關係，妳是駱尋，還有我在！」

洛倫手指輕點，正要撥打千旭的通訊號碼，「嘀嘀」的蜂鳴聲突然響起。

來電顯示是辰砂。

洛倫驚了一下，立即恢復鎮定。

她接通音訊，「喂？」

「妳在哪裡？」

「我的房間啊！」

「人在房間，卻聽不到我敲門？」

「哦！我、我……打了個盹。」

洛倫急急忙忙走出浴室，打開房門。

辰砂盯著她。

洛倫心虛，誇張地笑，「怎麼了？突然發現我的美貌了？」

辰砂冷冷說：「跟我去訓練場。」

洛倫一頭霧水，「幹嘛？」

「訓練！」辰砂轉身就走。

洛倫不得不快步跟上，「什麼意思？我已經訓練了一天！」

「還有空胡思亂想，證明訓練沒到極限。」

「什麼胡思亂想？你胡說什麼？」洛倫眼睛咕嚕嚕轉了一圈，反應過來，「是紫宴那個混蛋告的狀吧？」

辰砂腳步微微一頓，「不是他。」

洛倫聽而不聞，著急地解釋：「你別聽紫宴胡說八道，我就是突然看到龍血兵團的兵團長，一下子走神而已，真的沒什麼！」

「妳看到他，害怕了？」

「我……」洛倫想否認，卻發現這就是事實；她的確害怕了。

蝴蝶兵團能這麼快得到龍血兵團的支持，也許是蝴蝶兵團危機處理能力一流，但更有可能是他們本就有千絲萬縷的關係，甚至蝴蝶兵團執行的那兩次任務，就是出於龍血兵團的授意。

任何一個人發現綁架自己、襲擊自己的幕後黑手有可能是龍血兵團的龍頭，肯定都會害怕。只不過，她害怕的不僅僅是龍頭。

洛倫訥訥地說：「害怕那樣的人也不算丟人吧。」

「害怕到把自己鎖在浴室裡很丟人。」

洛倫鬱悶地歎氣，沉默地跟在辰砂身後，一路疾行。

✷　✷　✷

天色已黑，訓練場的大部分訓練室都已關閉，寬廣的大廳裡冷冷清清。

洛倫換好訓練服，辰砂帶著她走進漆黑的重力室。

智腦確認完他們的身分後，燈光亮起。

辰砂把一罐營養劑遞給洛倫，言簡意賅地下達了一連串指令：「十秒，喝完。重力七級，和我對抗。不能堅持十分鐘，體罰。快跑，二十公里。」

洛倫快瘋了，「喂！需要這麼狠嗎？我又不是你的士兵！」

辰砂面無表情地說：「妳也不是我老婆！九、八、七……」

洛倫再不敢耽誤，一把奪過營養劑，大口往下灌。

還沒有喝完，時間到。

「零！」

話音剛落，辰砂直接抬腳踹過來，洛倫被踹得像一支風箏一樣飛起來。

不等洛倫落地，他又是一腳踹向洛倫，洛倫把手裡未喝完的營養劑罐子砸向他，借著黏糊糊的營養劑彌漫開來的一瞬，躲開了辰砂的第二腳。

還沒有來得及喘息，營養劑的罐子又被辰砂做為武器踢回來，呼嘯著砸向她的臉。罐子已經被踢變形，變得扁平尖銳，像是一把奇形怪狀的暗器。

洛倫雙手撐地，接連翻了十幾個跟斗，才看到「暗器」貼著她的鼻尖飛過，砸到重力室的牆上。刺耳的摩擦聲中，「暗器」在金屬牆壁上留下一道清晰可見的劃痕，碎裂成兩個更尖銳的「暗器」，掉到地上。

洛倫聳然變色，她想到辰砂踢回來的東西千萬不要讓身體接觸到，卻沒有想到竟然能在金屬牆上都留下劃痕。

辰砂跺了下腳，兩枚「暗器」從地上彈起。

他一腳掃過，兩枚「暗器」再次呼嘯著飛向洛倫。

洛倫簡直要淚流滿面。真是不做不死，早知道無論如何都不應該用罐子砸他！

洛倫像個壁虎一樣，貼著重力室的金屬牆快速遊走，時高時低，時急時緩，把金屬牆當作自己的盾牌，去消磨「暗器」的力道。

當「暗器」變成四個時，洛倫竭盡全力，依舊躲避不開。

好不容易躲開左右兩側和後面的三枚，只能眼睜睜地看著前面的一枚「暗器」直刺心口。

她驚駭地想：辰砂痛下殺手，肯定已經知道我是個假貨了！

就在她要閉眼受死的一瞬，辰砂竟像鬼魅一般站在她身邊，攬住她的肩，輕輕拉了她一下，「暗器」從她的手臂和肋骨夾縫中飛過，刺進金屬牆。

本來就已精疲力竭，又和死神擦肩而過，劫後餘生的洛倫站都站不穩，完全癱軟在辰砂懷裡。

洛倫大喘著氣說：「我知道了，你是把我當仇人！」

辰砂鬆手，洛倫「噗通」一聲，重重摔在地上。

「才堅持了七分鐘。重力調高一級。跑步！」

洛倫趴在地上裝死，好歹賴著休息一會兒。

辰砂冷冷說：「加一公里……加兩公里……」

洛倫立即咬著牙爬起來。

她搖搖晃晃地走到跑道上，開始跑步。

辰砂呵斥：「快速！」

洛倫想哭。不是她不想快速，而是真的已經沒有力氣了。她可是訓練了一天，又剛被他虐打了一頓！

洛倫的眼角餘光好像看到山貓，正懷疑自己疲累到眼花，卻聽到山貓威風凜凜的咆哮聲。

辰砂冷冷下令：「咬她！」

山貓閃電般衝過來，竟然張開嘴咬她的屁股，嚇得洛倫拚盡全力往前衝。

一個跑，一個追，好幾次屁股都差點被山貓鋒利的牙齒穿透，洛倫這才知道傍晚在山坡上時山貓真的只是在逗她玩。

洛倫不知道那個晚上究竟是怎麼結束的。

跑到十公里時，她就腦袋一團漿糊了，卻硬撐著不敢暈倒。

因為辰砂警告她：「不跑完，暈倒，明天翻倍。」

為了完成這不可能完成的任務，洛倫按照宿七教她的方法，調整呼吸，調整肌肉，讓每一絲力氣都不浪費，讓所有神識都固守在一個點。

極限中，她好像達到了某種微妙的平衡，一呼一吸、一放一收，都有某種韻律。

她似乎是自己，又似乎不是自己。

直到辰砂的聲音模糊又清晰地傳來：「完成！」

她覺得自己停止了，可身體依舊在往前跑，辰砂擋住了她。

她茫然地看著他，嘴唇翕動，「可以暈倒了？」

如果不是辰砂的聽力異常，肯定什麼都聽不到。他說：「可以。」

洛倫的眼睛一閉，頭猛地垂下，挺立的身體像枯萎的花般，一下子萎靡了。

辰砂抱住了她，在她耳畔輕聲說：「不要害怕。」

Chapter 11 在一起就好

四周林立的巨石像一個個猙獰怪獸，但是他的手安全可靠。
只要跟隨他，就好像走在一條春光爛漫、鮮花盛開的錦繡大道上。

半夜裡，洛倫突然從死亡的噩夢中驚醒，心跳加速、滿頭冷汗。

她夢到有人在追殺她，一直看不清他的臉，好像是戴著頭盔的穆醫生，又好像是戴著面具的執政官。

洛倫努力想再次入睡，可是，所有事像電影一樣一幕又一幕浮現在腦海裡，讓她根本睡不著。

以前封林告訴她A級和3A級的差距是人類和非人類的差距時，她還不以為然，現在終於理解了。

就算她成為A級體能者，在辰砂、執政官他們手下，也壓根沒有反抗的力量。

辰砂以為她被穆醫生嚇著了，卻不知道她更害怕的是他們。

畢竟，穆醫生還在遙遠的另一個星域，他們卻就在她身邊，掌握著她的生死。

如果他們知道了真相，會怎麼處置她？

聯邦歷史上最年輕的指揮官、身分尊貴的天之驕子，卻被騙娶了一個骯髒卑賤的死刑犯。

只怕，連死亡都太仁慈，肯定會把她囚禁起來。

封林堅決反對的極端人體試驗有可能付諸實施，強迫她做配種母體，用她做活體基因培育……

洛倫越想越害怕，明明知道不應該胡思亂想、自己嚇自己。

可是，夜深人靜時，心靈變得格外脆弱，常年背負的祕密讓她不堪重壓，所有負面情緒像潮水一般湧出來。

想到明天一早還有訓練，洛倫打開個人終端機，叫機器人送一杯幽藍幽綠給她。

一口氣灌完，感覺略微好了一點。

她平躺在床上，靜靜等著再次入睡。

突然想起，這個時候阿麗卡塔中央行政區是白天！千旭和她一樣正醒著！

念頭一旦冒起，就再也無法克制，洛倫打開通訊錄，聯絡千旭。

不一會兒，千旭溫和的聲音傳來，透著關心：「發生了什麼事？妳那邊應該是半夜，怎麼不睡覺？」

陰性精神鎮定劑開始發揮作用，洛倫嬉笑著說：「千旭，和我私奔吧！我們離開奧丁聯邦，遠走高飛！」

「為什麼？」千旭的聲音十分鎮定，一點也沒有被洛倫嚇著。

洛倫一會兒笑，一會兒哭，顛三倒四地說著話。

「我以為只要自己拚命拚命的努力，總能爭取到一線生機，證明自己有存在的價值。可是，沒有用的，我只是個一無所有的小人物，鬥不過那些高高在上的大人物！

「我不想被人憎恨地罵騙子！尤其不想被封林罵！這個世界上，除了你，只有她在一直幫助我！支持我加入研究院，幫我熟悉工作，教導我做研究……我真的不想讓她失望！我想報答她對我的好，可是，報恩也需要資格。我是個騙子，連報答她的資格都沒有！

「辰砂是聯邦的指揮官，就像你說的一樣，年少有為、位高權重，當然是最好的丈夫人選了！可我是什麼東西？一個死刑犯！一無所有，連自己的記憶都沒有！我們倆一個在天，讓人敬仰；一個在地，任人踩踏，如果我不是假冒公主，他肯定連看我一眼都嫌髒！等他發現真相的那天，絕不會原諒我，不親手殺了我已經算寬宏大量！

「從踏上阿麗卡塔星的那天起，我一直活得提心吊膽，連晚上睡覺都常常夢到自己身分暴露，被送回死刑室裡執行死刑。我活著的每一天都像是偷來的！我不明白，我沒有做過罪大惡極的事，可為什麼想活著會這麼難？連想做自己都這麼難？

「如果我被拆穿了身分，死亡都會變成奢求！匹夫無罪懷璧其罪，堂堂阿爾帝國的公主都因為基因變成了可以交易的貨物，我一個死刑犯只會變成活體試驗體。千旭，我不想被注射各種奇怪的藥劑！不想被強行取出卵子去培育胎兒！不想被關在籠子裡觀察試驗反應！我必須離開奧丁聯邦！你和我一起走，星際那麼大，我們肯定能找到一個星球，重新開始生活！」

「不要擔心治療的事，我來做你的基因修復師！相信我，我一定可以治好你的病！」

洛倫覺得自己很清醒，一條條陳述理由，說服千旭跟她逃走，連千旭是孤兒，在奧丁聯邦孤身一人、沒有親人的理由都搬了出來。

但是，她嗚咽咽、說著說著，聲音越來越低，音訊都沒有關閉，就陷入了沉睡。

千旭也沒有關閉音訊，靠坐在床邊，靜聽著洛倫的呼吸像月夜下的潮汐般輕輕地一起一伏，時不時還有一兩聲抽泣傳來。睡夢裡，她依舊在悲傷恐懼的哭泣嗎？

✷ ✷ ✷

清晨。

洛倫緩緩睜開眼睛，看著床頭的空飲料杯發呆。

半夜裡聯絡千旭，後面說了什麼，她記不清了，但前面說了什麼，她記得很清楚。

她甚至記得開口邀請千旭私奔時很緊張忐忑，生怕他輕描淡寫用一句「妳喝醉了」，把她打發掉。幸好，千旭一直認真聆聽，沒有敷衍她。

她打開個人終端機，發訊息給千旭：「昨晚我醉了，但不是胡言亂語，我的話都是認真的。」

「我知道。」

千旭的回覆瞬間就到了，簡直像是守著個人終端機，一直在等著回覆她。

洛倫精神一振，翻身坐起，忐忑不安地敲了幾個字發送過去：「你願意嗎？」

「我要想一想。六個月後，給妳答案。」

洛倫愣住，揉揉眼睛，又仔細看一遍。不是拒絕！竟然不是拒絕！

她興奮地大叫，一個後空翻，從床上落到地上，一路翻著跟斗進入浴室。

洛倫站在蓮蓬頭下沖洗頭髮時，覺得所有的黑暗情緒都被沖走了，整個人變得生機勃勃。果然，希望才是人類前進的動力！

洛倫的生活變得極度忙碌充實。

每天，要接受宿二和宿七的正常訓練，還要被辰砂虐打，呃，特訓。

時光就在虐打，呃，特訓中，飛掠而過。洛倫完成了全部訓練課程，只差最後的晉級任務。

如果說訓練課程像是練泥、製坯、上釉，一步步做出瓷胎，那麼晉級任務就像是最後的高溫燒製——在極端殘酷的環境下，用死亡的壓力逼迫出身體的全部潛能，把之前的所有努力融會貫通，形成精美的瓷器。

根據宿二的說法，熬過特訓的人不少，但熬過晉級任務、成功提升體能的人不多。而且，只有第一次，體能晉級的可能性最大，有二〇％的機率。如果第一次失敗了，之後想要通過特訓晉級的可能性，連五％都沒有。

很多人一輩子都停留在B級巔峰，始終無法突破到A級。

宿二和宿七身為專業的體能晉級教官，有一百多年的豐富經驗，經過縝密的研究分析，他們為洛倫制定了去岩林捕捉岩風獸的晉級任務。

按照慣例，洛倫還需要找一位A級體能者做她的引導老師。這個人既要能讓洛倫完全信任，保護洛倫的安全，又不能讓洛倫產生依賴心理，影響到體能晉級，可以說多一分、少一分都不行。

宿二、宿七為這個人選很頭痛。辰砂的體能不符合，而且沒有任何引導經驗。他們倆的體能倒是符合，也有豐富的引導經驗，可是偏偏他們的異能，不適合進入岩林。

洛倫想到千旭，試探地說：「我有個朋友是A級體能者……」

「不是A級體能者就有資格做引導老師！」宿七一口否決。

宿二態度和善一點，「他現在做什麼工作？」

「以前在星際戰艦服役，是特種戰鬥兵，現在是阿麗卡塔軍事基地的星際戰艦戰術研究員。」

宿二和宿七對了個眼神。星際戰艦上的特種戰鬥兵必須體能好，阿麗卡塔軍事基地的星際戰艦戰術研究員必須腦子好，這兩個職位一個要勇、一個要謀，可不是什麼人都能做。

宿七的態度變了，「什麼名字？」

「千旭。」

宿七利用許可權，調出千旭的檔案。

宿二驚喜地說：「他曾經做過教官，訓練過特種兵，而且做過體能晉級的引導老師。」

宿七也徹底改口：「這個人倒是符合要求，只是……」

「只是什麼？」

「檔案裡寫他因病退役，沒有寫究竟什麼病，妳知道嗎？」

洛倫淡定地說：「檔案裡沒有寫的事，就算我知道也不能告訴妳啊！」

宿七翻了個白眼，宿二關切地問：「影響他的體能嗎？」

「不影響。」

宿二和宿七又仔細研究了一遍千旭的檔案，宿二慎重地說：「公主，妳應該知道這次是妳最佳的晉級機會，如果這次失敗了，以後不是沒有機會晉級，但機率會很低，妳確定要找這個人嗎？」

「我確定。」洛倫苦笑，「但要先問一下他的意見，他不見得願意。」

宿七眉毛一揚，反倒立即做了決定，「就他了！妳立刻聯絡他，他要是敢不同意，我直接去找他的上司要人！」

沒想到宿七竟然是「你越不樂意，我越要」的強攻體質！洛倫一邊腹誹，一邊打開通訊錄。事到臨頭，她又情怯了。

宿七不耐煩地催促：「聯絡他啊！」

洛倫騎虎難下，只能硬著頭皮發訊息：「在嗎？有件事想麻煩你一下。」

「？」

「你願意做我體能晉級的引導老師嗎？」

「什麼任務？」

「捕捉岩風獸。」

「好。」

千旭一口就答應了，洛倫傻傻地盯著千旭的回覆，覺得像是做夢。

還有十幾日就是千旭承諾給她答案的日子，她本來打算晉級任務完成後，不管成功與否，都立即趕回阿麗卡塔，沒想到千旭願意提前來見她，這應該是一個好兆頭吧！

＊　＊　＊

會議室。

辰砂、執政官坐在椅子裡，紫宴站在螢幕旁，智腦正一個視窗又一個視窗地顯示著從蝴蝶兵團資訊記憶體中破譯的資料。

執政官低頭看個人終端機，顯然，對那些視窗裡蝌蚪一樣擠得密密麻麻的資訊沒有絲毫興趣。

辰砂不耐煩地蹙眉，「能不能挑重點說？」

「這麼多祕聞，你們竟然都不懂欣賞！」紫宴滿臉遺憾，點擊螢幕。

密密麻麻的資訊消失，出現了兩行數字。

「這是蝴蝶兵團兩次行動的付款帳號。非常有意思，第二次行動的付款帳號來自龍血兵團所在的NGC7293星域，第一次行動的付款帳號卻來自奧丁聯邦。」

「有內奸和龍血兵團勾結。」辰砂很平靜。之前就已經推測到，只是沒有證據而已。

紫宴笑瞇瞇地說：「能讓我一點線索都查不到的內奸可不是普通內奸，我肯定，他就在我們七個人中。」

執政官終於感興趣地抬起頭，示意紫宴繼續。

紫宴清清嗓子，鄭重地說：「我有個計畫。」

＊　＊　＊

洛倫發訊息給辰砂，一直沒有收到回覆。

她心裡焦急，索性跑到執政官的城堡外等。

山貓看到她，立即衝過來，又跳又撲，十分歡騰，一張包子臉上寫滿了「陪我玩、陪我玩」！

洛倫躲開牠，三兩下爬到橡樹上，坐在一根小孩手臂粗細的樹枝末端，一盪一盪地玩著，故意不理會山貓。

山貓敏捷地順著樹幹爬上來，停在枝椏處，沒有往樹梢走，估計知道自己身軀龐大，有可能壓斷樹枝。

牠瞪著琥珀色的大眼睛，朝洛倫討好地叫，似乎在說：「過來陪我玩嘛！」

洛倫對牠勾勾手指，「不是很能追我嗎？過來啊！」這段時間的特訓，她可沒少被山貓欺負，稍微跑慢一點，就會被咬屁股。

山貓試探地伸出前爪，想要過來，卻又不敢，急得包子臉上的鬍鬚都顫個不停。好不容易終於鼓起勇氣，往前走了兩步，洛倫用力壓樹梢，樹枝晃動，牠又被嚇得立即退回去。

洛倫見狀哈哈大笑，「怎麼膽子變小了？過來啊！」原諒她的陰暗面吧，最喜歡看霸氣大王變小受氣包了！

正笑得開心，山貓竟然破釜沉舟，蹬腿跳躍，落在樹梢上。

咔嚓一聲，樹枝斷裂，洛倫摔了下去，整個人直挺挺趴在地上。

山貓卻沒有任何事，歡快地跳過來，用頭拱洛倫，示意她快起來陪牠玩。

洛倫鬱悶地想，為什麼受傷的總是她？

「洛倫？」

洛倫抬頭，先看到三雙腳，順著三雙腳看上去，辰砂、紫宴、執政官。

她一把推開山貓的頭，唰地站起來，乾笑著說：「我們在玩。」

執政官是萬年沒有表情的面具臉；紫宴卻反常地沒有一絲笑意，透著嚴肅；辰砂面色冰冷，好像隱有怒意。

洛倫回頭看看損毀的橡樹，立即把腳邊斷裂的樹枝踢到山貓身邊，「是牠弄斷的，和我沒有關係！」

山貓不知道洛倫在講什麼，以為她終於肯陪牠玩了，立即叼起樹枝，又放回洛倫腳邊，然後迅速跑到遠處，簡直像是用行動說明：是她弄斷的，和我沒有關係！

洛倫鬱悶，「真的不是我弄斷的。」

紫宴笑起來，「行了，不會讓妳賠的，就算要賠，辰砂也賠得起。」

看到死妖孽重展笑顏，洛倫暗暗鬆口氣，尷尬地說：「執政官好像很喜歡這棵樹。」

執政官淡淡說：「沒有關係。」

洛倫屈膝行禮，「我是來找辰砂的，希望沒有打擾到閣下。」

辰砂問：「什麼事？」

「我的晉級任務已經確定了，明天就出發，來和你說一聲。」

「這麼快？」

難道不是越快越好嗎？洛倫詫異地看了辰砂一眼，「我運氣好。」

紫宴插嘴問：「任務地點？任務目標？引導老師是誰？」

和他有什麼關係？但洛倫得罪不起妖孽，只能老實回答：「大雙子星第七區的岩林，捕捉岩風獸，引導老師是……千旭。」

洛倫提心吊膽，生怕紫宴反對，沒想到他竟然一聲未吭。

洛倫看該交代的都交代清楚了，正要告辭，執政官叫住她，「公主，聽說妳的槍械成績不錯，這把槍送給妳防身。」

洛倫看清楚執政官遞過來的槍，大驚失色，「太貴重了，我不能要。」

宿二幫她上槍械課時，介紹過幾種古怪的武器，其中就有這把死神之槍，又名死神的流星雨。

傳說幾百年前一個傑出的武器製作師在一個沒有智慧生命的原始星球上發現了一塊能吞噬蛋白質和脂肪的特殊物質，但一直找不到合適的方法去呈現它的威力。直到某天，他在星際旅行中看到絢爛的流星雨，突然有了靈感，把那塊特殊物質融合在槍體裡，製作出這把槍。

看上去小巧精美，似乎沒有太大的殺傷力，可實際上，不但射速驚人，而且一旦中彈，絕無救治的方法，即使最好的醫生、最先進的治療儀器就在身邊，也只能眼睜睜地看著中彈者死去，所以被稱為死神之槍。

不幸又萬幸的是那塊特殊物質積蓄能量緩慢，基本上一年只能開一槍，但即使有如此明顯的劣勢，這把槍依舊被列為星際間最可怕的個人武器之一。

「收下！」辰砂突然開口，語氣十分強硬，像是命令。

洛倫鬱悶，一聲不吭地接過槍。哼，不要白不要！反正欠人情的是他！

* * *

大雙子星的第七區自然環境十分惡劣。

常年刮著大風，沒有任何植物能高於一公分，都必須緊貼著地面生長，才不會被風吹斷或拔起，能在這裡存活的植被只有菌類。

地表的岩石被風蝕成了千奇百怪的形狀，高低聳立、溝壑縱橫。從天空中看下去，就像是一片一望無際的岩石森林，被首次發現這裡的星際探險家們叫做岩林。

每當狂風刮起，岩林裡飛沙走石、鬼哭狼嚎，漫天飛舞的石頭能瞬間奪走人的性命。而且，這種風暴會干擾通訊信號，人類一旦進入岩林，通訊就是靠吼，基本上和外界完全失聯，無形中增加了很多危險。

更可怕的是，岩林中生活著一種被叫做岩風獸的猛獸。

因為常年和風暴對抗，牠們的皮膚堅硬如鐵，一般的子彈都射不穿牠們的身體；爪子尖銳有力，能洞穿岩石；雙肋上有一雙肉翼，並不能像鳥兒一樣自由飛翔，可是能利用岩林裡高低聳立的岩石進行短暫的滑翔，神出鬼沒。

如果沒有特殊目的，就算野外生存經驗豐富的A級體能者，也不願進入岩林去捕殺岩風獸。

* * *

岩林周邊的隔離安全帶。

洛倫穿著野外探險服，坐在飛車頂上，一邊等千旭，一邊瀏覽岩林的地圖。

宿七與洛倫背靠背地坐著，百無聊賴地玩自己的耳朵，雙手捂著喇叭耳朵，用力摁進頭髮裡，再把手放開，等著它們從頭髮裡彈出來。

宿二靠站在車邊，愛不釋手地把玩死神之槍，「真是個好傢伙！只要在五十米內，岩風獸就算御風滑翔也躲不開，可惜只能開一槍。」

宿七掩著嘴打了個哈欠。

洛倫說：「你們不用陪我等。」

宿七打著哈欠說：「我們得看一眼妳選的引導老師，萬一妳被岩風獸當點心吃了，我們也能給辰砂個交代。」

宿七說著話站了起來，宿二立即把槍拋給洛倫，「收好！」

洛倫看看空蕩蕩的天空，意識到千旭來了，只不過她還聽不到、看不到。她不慌不忙地把槍塞進探險服裡，跳下飛車。

不一會兒，一輛大雙子星上的野外計程飛車飛過來，落在他們的飛車旁。

千旭走下車，也是一身野外探險服，背著一個探險包。

洛倫莫名的緊張羞澀，竟然都不敢正眼看千旭。

她為了掩飾自己的不自然，笑著對宿二、宿七說：「他就是千旭，是我的老朋友，辰砂也知道的，你們放心吧！」

宿二把護目鏡摘下，露出兩隻蜂巢似的異形複眼，用足全部力氣，和千旭握手，「我是宿二，聽公主說你教過她射擊，有時間咱們交流一下。」

千旭沒有任何異樣，直視著他的恐怖雙眼，握著他的手，大大方方地說：「好！」

宿二縮回手時，悄悄地活動著發疼的手。

宿七笑容甜美地說：「我是宿七。在岩林裡，我和宿二的異能會變成致命的缺點，不能陪你們進去，但我們會一直等在外面，公主就拜託你了。」

千旭不卑不亢，「我和洛倫是隊友，肯定會互相照顧。」

宿二和宿七交換了一個滿意的眼神。

＊　＊　＊

洛倫和千旭穿過隔離安全帶，朝怪石林立的岩林走去。

洛倫一邊埋頭往前走，一邊琢磨應該說點什麼。可是說什麼呢？打招呼問好，太刻意；謝謝他幫忙，太矯情；討論行動計畫，太嚴肅……

「小尋。」千旭快走兩步，和她並肩走在一起，「岩林裡每天晚上有六個小時沒有風暴，我們白天找洞穴休息，晚上行動，三個晚上應該能趕到岩風獸生活的岩林中心地帶，用兩天來狩獵岩風獸，再用三個晚上撤出岩林。」

洛倫毫無異議的贊同。

岩林裡道路百轉千回、崎嶇難行。

雖然周邊地帶不是暴風肆虐的核心地帶，但風依舊不小。

為了安全，兩人並肩而行，靠得很近。

洛倫看到千旭的手就在她身旁，隨著步伐輕輕晃動，有時幾乎擦著肌膚滑過。

她的觸感變得份外敏銳，一顆心蠢蠢欲動；她想要握住千旭的手，可是，有賊心沒賊膽，幾次伸手，又膽怯地縮回來。

手張張合合，心情起起伏伏。

百轉千回地猜度著千旭的心思。

他特意趕來陪她完成體能晉級任務，應該是喜歡她的吧？

應該是！

可也許只是出於多年的情誼幫助她而已！

喜歡？不喜歡？

喜歡？不喜歡……

一顆滿是戀慕的少女心猶如一張寫滿了情話的信箋，被洛倫反反覆覆地折來揉去，卻始終不敢塞到千旭手裡。

＊　＊　＊

走完兩塊巨石之間的羊腸小路，突然進入一片相對開闊的地方，風猛然變得劇烈，拳頭大的石塊都被捲起來，呼嘯著砸向洛倫。

洛倫反應慢了半拍，差點被一塊石頭直接砸中臉，幸虧千旭及時拉她一把，帶著她躲回兩塊巨石之間的小徑。

千旭按著她緊貼巨石站好，「風暴快結束了，我們等風停再走。」

洛倫十分懊惱，「抱歉，我剛才……有點走神，下次不會了。」

千旭沒有問她到底在想什麼，淡淡說：「提高警覺，越往裡走越危險。」

洛倫很羞愧，再不敢胡思亂想，豎起耳朵，聆聽風勢。

風在岩石中縱橫馳騁，發出悠長的嗚嗚聲，像是不捨離開的悲泣，聲音越來越高亢，又漸漸低沉下去，直到什麼都聽不見。

洛倫說：「風停了。」

她像是要將功補過，立即向前走去，全神貫注，捕捉著各種聲音和景象。

一口氣走了四個多小時，她開始覺得疲憊，身體似乎到了某種極限，太陽穴突突直跳，精神很難再集中。

正忍著難受堅持時，一條麻皮岩蛇突然從腳邊的岩石縫裡躥出來，洛倫被嚇得腳下一滑，向下摔去。

千旭眼明手快，立即拽住她的手。

洛倫靠著他的幫助，翻過陡峭的巨岩。

兩人落到地上後，千旭看了眼時間說：「我們要找地方準備躲避風暴了。」

洛倫喘著氣點頭。

千旭放慢腳步，帶著她一邊往前走，一邊四處看。

洛倫想幫忙，可是剛才在夜色中一路疾行，過於專注，精神和體力都消耗巨大，實在分辨不出黑壓壓的夜色中，一塊塊奇形怪狀的巨石究竟哪一塊適合藏身。

千旭說：「妳累了，不要再強撐。」

洛倫沒吭聲，依舊按照宿七教她的方法，集中注意力在自己的五感，強迫它們去感受外面的細微變化。她知道挑戰身體極限是一把雙刃劍，有可能讓自己能力提升，也有可能造成無法修復的傷害，但是不冒險怎麼知道結果？

千旭握著她的手猛地緊了緊，「聽話！」

洛倫後知後覺地發現千旭竟然一直握著她的手，霎時全副心神都被交握的手吸引過去，完全忘記了其他事。

天哪！什麼時候發生的？

好像是麻皮岩蛇突然出現，她差點摔下岩石時，千旭拽住了她的手。

後來，他一直沒有放開。

洛倫告訴自己只是隊友間的互相幫助，心跳卻完全不受控制。

噗通、噗通……

簡直是成千上萬隻青蛙爭先恐後地從懸崖上跳下大海。

洛倫懷疑千旭都能聽到她的心跳聲了。

她仗著有護目鏡，悄悄地偷窺，發現千旭正專注地觀察周圍的環境。

晦暗不明的星光下，他牽著她的手，走在碎石遍布、崎嶇不平的道路上。四周林立的巨石像一個個猙獰怪獸，但是他的手安全可靠，只要跟隨他，就好像走在一條春光爛漫、鮮花盛開的錦繡大道上。

洛倫抿著唇，甜蜜地偷笑。

「妳覺得可以嗎？」千旭問。

「啊？哦……」洛倫忙把視線從千旭臉上移開。心發虛、臉發熱，幸虧有護目鏡遮住半張臉。

她定定神，觀察起千旭挑選的地方。

並不是一個真正的洞穴，而是幾塊斷裂的巨石砸下來時，正好和另一塊拔地而起的巨石疊在一起，形成了一個「人」字形的空洞。

千旭說：「不是理想的藏身處，但還有半小時暴風就要來了。」

「就這個吧！」

千旭放開洛倫的手，「我先進去看一眼，妳等一下。」

「好！」

千旭果然心無雜念，只是看她體力不支在幫助她而已。洛倫蜷起手指握著拳，盡量表現得很自然，似乎什麼異樣都沒有。

不久，千旭出來，「裡面安全，妳先進去休息，我要再找一塊合適的大石，把洞口堵住。」

「別走遠，暴風就快來了。」洛倫擔心地叮囑。

洛倫鑽進洞中，發現裡頭十分狹窄，長度不到三米，寬度不到一米，高度大概有一米五，身子完全不能站直。

她半蹲著，從探險包裡拿出幾公分大的節能燈和拳頭大小的空氣儀，開始簡單布置，盡量讓他們的臨時棲身地更安全一些。

把多功能生物材料噴到石頭的縫隙中，生物材料會自動膨脹生長，把碎石粘合吸附在一起，既可堵住風從縫隙裡進來，又可增加石頭的抗風強度。

洛倫確認沒有遺漏的縫隙後，拿出折疊金屬鏟，把地上的碎石往洞口清理。

洞口壘了一堆碎石時，她看看時間，還有不到十分鐘。

正擔心，砰然一聲巨響，一塊大石落在洞穴前，正好擋住洞口，只留下一條必須側著身子才能鑽進來的縫隙。

洛倫叫：「千旭！」

千旭從縫隙裡鑽進來，看到地上的碎石堆，立即蹲在地上，按照一種特定的結構，從低到高壘石頭。

洛倫蹲在他身後，配合著他的節奏，噴灑多功能生物材料。

隨著兩人默契的配合，小石頭迅速和大石頭黏合凝固在一起。

在暴風來臨的最後一刻，他們倆成功地把最後一絲縫隙封閉住。

＊　＊　＊

呼呼的風聲從外面傳來，低矮的洞穴裡卻沒有一絲風。

洞壁兩側的節能燈發出柔和的光芒，首尾兩端的空氣儀自動開啟，開始提供源源不斷的氧氣，洞穴內的空氣變得很清新。

千旭說：「幹得不錯！」

洛倫摘下護目鏡，笑瞇瞇地問：「你是在拐著彎誇讚自己嗎？」

十年時間，她跟著千旭在阿麗卡塔四處遊玩時，跟他學習了全套的野外生存技能。雖然阿麗卡塔的野外環境沒有辦法和星際中的極端環境比，可千旭是軍人出身，他在教洛倫時，一直不是以一般的標準在教，以致宿二幫她上野外求生培訓課時，把本來一百小時的課直接壓縮成半小時。

千旭微笑，「在誇妳！師父再好，徒弟學不好，什麼用都沒有。」

洛倫從背包裡拿出濃縮營養劑，遞給千旭。

兩人並肩坐在洞穴正中，邊補充能量，邊商量下一步的計畫。

千旭說：「暴風有可能破壞洞穴，必須時刻注意，我們輪流休息。」

洛倫突然意識到，大雙子星的一天是二十一小時，而岩林中的風暴每天會持續十五小時，也就是說她和千旭要在這個封閉的小空間裡一起待十五個小時。

不是不好，只是，她好像更懷念外面，因為千旭會牽她的手。

千旭看她無精打采，關心地問：「怎麼了？身體不舒服？」

洛倫忙搖頭，「沒有，沒有！」

千旭從自己背包裡拿出一罐軟包裝的飲料遞給她，「本來打算讓妳後半夜再喝，難受的話，可以先喝一點。」

洛倫看著那像螢火蟲一樣閃爍的點點螢光，不敢相信地問：「幽藍幽綠？」

「嗯。」

洛倫滿臉匪夷所思，「你居然帶這種東西給我？」

「它對妳的放鬆效果很明顯。」千旭一副很講科學的淡定從容。

「可是我會喝醉亂講話！」

千旭意味深長地瞟了她一眼，笑道：「我又不是沒聽過，我都不怕，妳怕什麼？」

朦朧的燈光下，他的笑容如星光閃耀，洛倫心如鹿撞，全身的血都往頭頂衝。

她面紅耳赤地把飲料塞回給千旭，「還是不喝比較好。隔著兩個星球的距離，喝醉只能胡言亂語，現在太近了，我怕自己胡作非為。」

「妳能胡作非為什麼？」

唉！像千旭這樣清心寡欲的好人根本不懂女色狼的心會有多麼複雜邪惡！洛倫掩著臉，用後腦勺對著千旭，小小聲地說：「喝醉了，美色當前，很容易把持不住。」

「把持不住時，妳想做什麼？」

洛倫簡直憂鬱到要吐血。千旭再用這種引人犯罪的純潔聲音問她這種引人犯罪的不純潔問題，她不用喝醉，就會把持不住了。

一隻修長有力的手突然握住洛倫的手腕，把她的手從她的臉上緩緩拉開。洛倫下意識地回頭，看到千旭正笑意吟吟地看著她。

他握著她的手，放到嘴邊吻了一下，輕聲問：「是想做這個嗎？」

洛倫的心噗通噗通狂跳，張開嘴想說話，可嘴唇抖得厲害，一點聲音都發不出。

千旭好像完全知道她想問什麼，握緊她的手，凝視著她的眼睛說：「我喜歡妳。」

洛倫的眼淚像是斷線的珍珠，唰一下掉下來。

千旭用手指擦拭著她的眼淚，「對不起！」

洛倫又哭又笑地搖頭。沒關係，千山萬水的跋涉、千辛萬苦的等待，都沒什麼，只要你肯在最後握住我的手。

千旭把她擁到懷裡，輕拍著她的背哄她，「別哭了。」

洛倫嗚咽著問：「我是不是已經喝了幽藍幽綠，現在正在做春夢？」

千旭笑起來，胸腔共鳴輕顫，十分悅耳好聽。

洛倫抱緊他，臉埋在他胸前，「就算是春夢，也很好！」

他在她耳畔輕聲訴說：「真的很像夢，一直想牽妳的手，一直想抱妳，一直想告訴妳我喜歡妳……」

洛倫用力地閉緊眼睛，真是一個好夢啊！絕對不要醒來！

* * *

「小尋，小尋……」

千旭一邊輕聲叫，一邊輕碰洛倫的手。據說這是最不會讓沉睡的人受驚的叫醒方式。

洛倫心不甘、情不願地睜開眼睛，果然，好事只能在夢中發生！

她慢吞吞地坐起來，沮喪地問：「我睡了多久？」

「三個小時。我休息五個小時後，你可以再休息五個小時。」

「這樣你不是很辛苦？不行！」

「我知道分寸。」千旭揉了揉她的頭，順手幫她把壓亂的衣服整理好。

洛倫像受驚的小貓一樣圓睜著雙眼，吃驚地瞪著千旭。一覺睡醒，千旭性格突變？

「怎麼了？」千旭問。

洛倫伸出一根手指，戳戳千旭的臉頰，「你真的是千旭？」

千旭抓住她的手，「真的！」

「難道我是在夢裡夢到自己被你叫醒？」

千旭無奈，「不知道妳究竟夢到什麼，但現在不是夢。」

「可是……」洛倫偷偷地瞄千旭握著她的手，這樣天上掉餡餅的事，像是真的嗎？

千旭平躺在睡墊上，「我剛檢查過洞穴，妳每隔一小時檢查一次，如果有異常立即叫醒我。」

「哦！」洛倫愣愣地點頭。

特種兵都有秒睡秒醒的好習慣，千旭身軀筆直，雙手放在身體兩側，幾乎立即進入深度睡眠。

洛倫抱著膝蓋呆看著他：這就是喜歡她的千旭嗎？太不真實了！

洛倫傻呼呼地笑起來。

她抬起手，想要咬自己一口看痛不痛，猶豫了一下還是沒有咬，不是怕痛，而是怕萬一是夢，一痛就醒來了。

她看看時間，輕手輕腳地起來，拿著節能燈仔細地檢查洞穴。

等檢查完洞穴，她又坐到睡墊旁，看著千旭發呆傻笑。

外面狂風大作，斗室裡卻時光靜好。

＊　＊　＊

五個小時後，沒等洛倫叫他，千旭自己醒來了。

「換妳休息。」

洛倫彆彆扭扭地說：「好像睡不著。」

之前想著絕對不要醒來，連眼睛都不敢睜，可不知道怎麼回事稀裡糊塗就睡著了，這會兒卻是捨不得睡。

千旭把幽藍幽綠遞給她，洛倫說：「你別後悔！」

千旭似笑非笑地看著她。

洛倫紅著臉一口氣把一袋幽藍幽綠喝完，直挺挺地躺到睡墊上。

「千旭！」

「嗯？」

「你再說一遍！」

洛倫沒有說把什麼再說一遍，千旭也沒有問，而是俯下身，盯著她眼睛，輕聲說：「我喜歡妳。」

洛倫羞澀甜蜜地笑，「我也喜歡你。」

千旭的笑意從眉梢眼角溢出。

洛倫眉眼彎彎如新月，紅著臉撒嬌，「還想聽。」

「我喜歡妳。」

「還想聽。」

……

洛倫醉意朦朧、癡纏不休，千旭卻沒有一絲不耐，對洛倫的要求千依百順，像個傻子一樣一遍遍重複著「我喜歡妳」，直到洛倫心滿意足地沉沉睡去。

千旭含笑輕彈一下她的額頭，「說好的把持不住、胡作非為呢？」

Chapter 12

我想我很愛你

愛情就像生命的誕生，是無數個偶然交織成的必然，無數個也許導致的註定。
一旦發生，就沒有如果，只有結果。

半夢半醒間，洛倫只覺這一覺睡得好香，一邊張嘴打哈欠，一邊愜意地伸懶腰。伸出去的手碰到什麼，又柔又暖，她一個激靈，立即睜開眼睛——

千旭眉眼含笑地看著她，她的手恰好抵在他唇上，溫熱的呼吸猶如三月春風輕拂著她的肌膚。

洛倫忙縮回手，面紅耳赤地坐起來，「我、我……忘記是在外面了。」像她這種置身險境，竟然喝得醉醺醺悶頭大睡的人，估計也是罕見。

千旭收好睡墊，把薄薄的保暖毯掛在洞穴中間，將一覽無遺的洞穴隔出一小方私密空間。

「還有時間，妳可以簡單清洗一下。」千旭掀起簾子，迴避到另一邊。

洛倫目瞪口呆，突然覺得不能怪自己不嚴肅認真，而是她有一個心大到時時刻刻把冒險變郊遊的男友。

＊　＊　＊

幾分鐘後，洛倫清清爽爽地掀開簾子，發現千旭不僅把自己收拾乾淨，還布置好了早餐桌——探險背包平放在地上，上面鋪著一塊白布，變成一張小桌子。隨身攜帶的手槍是造型奇特的花瓶，一小束藍色的迷思花插在細長的黑色槍管裡，別有一番混搭美。

洛倫懵了。

「請坐。」千旭展手邀請。

洛倫傻傻坐下，千旭像是變戲法一般，把一盒巴掌大小、玫紅色桃心狀的濃縮營養餐放在洛倫面前，配套的餐勺是一支精緻小巧的白箭。

洛倫驚得說話都不利索了，「怎、怎麼有這樣的營養餐？」

「星網上訂購的，什麼形狀都可以。」

洛倫拿起玫紅的桃心，覺得像是捧著一顆心，「你……怎麼挑這個形狀？」

「小時候，我的老師講過一個睡前故事：在很久很久以前，有一個叫丘比特的異種。他長著兩隻翅膀，擁有四處飛翔的異能。武器是一把弓箭，但射出去的不是死亡，而是愛情。」千旭看著洛倫，認真地說：「我想我大概被他射中了。」

洛倫完全招架不住這樣的千旭，心如鹿撞，臉比手裡的桃心都紅，「你被射中過幾次？」

千旭凝神回想，似在仔細計算，「迄今為止……」

洛倫沮喪，看樣子一隻手都數不過來。

「只有一次！」千旭笑睨著洛倫，似在笑她的緊張小氣，「我應該是一個比丘比特更強大的異種，丘比特的箭能射中我一次，已經很不容易。」

洛倫的心忽上忽下，又喜又惱，「就會胡說八道！我也聽過丘比特的故事，不過，和你聽到的完全不一樣。」

千旭淡淡而笑，「那時，我經歷了一些挫折，很難過自己是異種，想自暴自棄，我的老師就講這個故事安慰我，還說只要我像丘比特一樣，做個好異種，人類就會像喜歡丘比特一樣喜歡我。」

洛倫的心尖像是突然被狠狠抓了一下，手足無措地看著千旭。

千旭朝她笑著眨眨眼睛，拿起自己面前的桃心，把白色的箭勺插入桃心正中，「我想老師大概也沒騙我，如果丘比特不是異種，怎麼會幫我射中妳的心呢？」

「千旭，你越來越壞了！」洛倫的同情都化作羞惱，用勺子狠狠戳手裡的桃心。

＊＊＊

吃完早餐，兩人檢查裝備，背好背包，戴上護目鏡，時間也差不多了。

洛倫拿出溶解多功能生物材料的噴劑，對著之前封死的縫隙噴灑。等密密麻麻的小氣泡冒出時，千旭踢了一腳，壘好的小石頭紛紛掉落，露出原本的縫隙。

千旭先鑽出去，洛倫緊隨其後。

感覺上他們睡了一整夜，可外面夜色正深沉。

晦暗不明的天空掛著稀稀疏疏幾顆星星，四周是黑黢黢的岩石森林，空氣中猶有沙塵的味道。

洛倫和千旭沉默地並肩前行；兩人近在咫尺，可千旭都沒有牽她的手。

洛倫忍不住想要握他的手，可是又很猶豫，怕千旭覺得她太黏人。

猶猶豫豫間，當她又一次伸手，要再次悄悄縮回去時，千旭突然抓住她的手，緊緊握在掌心。

洛倫又驚又喜，千旭一本正經地抱怨：「昨天就是這樣，等來等去等不到，最後還是要我自己來！」

「你……你知道？」洛倫大驚失色。

千旭無奈地看洛倫，「這麼近，如果我什麼都感覺不到，還好意思說自己是A級體能者嗎？」

洛倫簡直羞憤欲死，「你、你……太壞了！悄悄看著我出醜！」

「我只是太喜歡看妳喜歡我的樣子。」千旭怕洛倫誤會，特意停下腳步解釋。

洛倫咬牙，「看的時候很得意滿足吧？」

千旭笑了，「嗯！很得意滿足！」

洛倫也笑了，「那就好，不枉費我糾結來糾結去！」

千旭擁住她，在她耳畔認真地說：「像我這樣的人，能被妳喜歡，非常幸運！謝謝！」

「嗯。」洛倫覺得心頭又甜又喜、又酸又澀，似乎多說一句話就要落下淚來。她才真的非常幸運，像她這樣的人，竟然會有人因為被她喜歡，覺得非常幸運。

千旭放開她，笑瞇瞇地說：「從現在開始，妳要好好照顧我。」

「照顧你？」

「昨天我可只睡了五個小時。」

洛倫很愧疚，立即說：「好，我會提高警覺的。」

「走吧！」

洛倫再不敢胡思亂想牽手不牽手、黏人不黏人的事，集中所有注意力，全神貫注地向前走。

千旭含笑看著她，眼睛裡滿是溫柔。

＊　＊　＊

一口氣疾行了將近五個小時，洛倫感覺到太陽穴突突直跳，步伐的節奏變得凌亂。

千旭說：「今天到此為止，剩下的時間我來領路。」

「我還可以再堅持一會兒。」洛倫好強地說。

千旭握住她的手，食指撓了撓她的掌心，「聽話！」

洛倫的精氣神一下子全懈了，心情放鬆下來。

她嘟囔：「我怎麼覺得你好像在使用美男計？」

千旭觀察著四周的岩石，淡淡問：「管用嗎？」

「管用！」洛倫認真感受著自己的身體，「很管用！宿七說對身體的掌控也是一種權力，獲得權力不容易，放棄權力更不容易，沒有人會不喜歡一切盡在掌握的力量，身體會對這種力量上癮。往常我特訓完，要半個小時到一個小時才能真正放鬆下來。」

千旭一本正經地說：「管用就好，因為這是我第一次用這種教學方法，沒有什麼經驗。」

洛倫哭笑不得，捶了千旭肩膀一下。

做為引導老師，千旭經驗老道，一直嚴格控制她身體緊張和放鬆的節奏。宿二說很多人在晉級任務中失敗就是因為太過緊張，精神和身體一直得不到放鬆和休息，她現在無時無刻不被轉成度假模式，顯然不會遇到這個問題了。

洛倫突然覺得自己體能晉級的成功機率大大增加。

✶ ✶ ✶

今天他們的運氣比昨天還差，找了半個小時，都沒有找到一個像樣的藏身處。還有半個多小時風暴就要來臨，前面究竟有沒有合適的洞穴，誰都不知道。千旭果斷決定，不再尋找了，自己挖一個洞穴。

他找了一塊四四方方、巨大堅固的岩石，指著底部的一個空隙說：「這裡曾經有個岩蛇洞，證明下面的土層能挖動，我們往下挖。」

「嗯。」

洛倫戴上手套，拿出金屬鏟，和千旭一起往下挖。

千旭的力氣比她大，動作也更嫻熟，洛倫漸漸地變成了配合者，站在洞口，幫他把挖出的泥土和碎石鏟到外面。

不到半個小時，千旭挖出一個能容納兩個人的地穴。

洛倫倒退著鑽進去，把輕薄結實的保暖毯環著地穴四周固定好，既可以阻隔濕氣，又可以防止岩蛇這些動物鑽到洞裡。

千旭清理乾淨洞口，確定一切安全後，也倒退著鑽進地穴。

和昨天一樣，他利用挖出來的碎石封堵洞口，洛倫幫忙噴灑多功能生物材料，趕在風暴出現前，兩人把洞口堵死。

昨天的洞穴還可以貓著腰走幾步，今天的地穴只能並排躺在一起，勉強轉個身而已。唯一的好處是不需要擔心安全了，兩人可以一起休息。

洛倫小聲說：「感覺像是躺在墳墓……」

「不要亂說！」

「……感覺像是藏在地底冬眠。」

千旭把濃縮營養劑遞給她，「吃飽了再冬眠。」

洛倫喝完營養劑，看著個人終端機，什麼訊號都沒有。她無聊地歎氣，眼睛滴溜溜四處亂轉。

千旭剛剛解開衣領，露出一截白皙修長的脖子，微微凸起的喉結，隨著吞嚥一起一伏；弧度美麗的鎖骨，像是一個寧靜的海灣，邀請著人靠岸停泊。

洛倫忍不住伸手去摸千旭的脖子。

千旭一把抓住她的手，「無聊的話，可以聊天。」

洛倫一邊努力掙脫他的手，一邊敷衍地問：「聊什麼？」

「為什麼突然想離開阿麗卡塔？」

洛倫心情突然變得低落，「你讓我摸摸，我就告訴你。」女色狼受傷的心只能用美色彌補。

「妳……」千旭看她滿臉不開心，拿她一點辦法也沒有，只能鬆開手。

洛倫的手指從他的下巴緩緩往下，繞著喉結打了兩個圈，停留在鎖骨的窄彎中，輕輕摩挲。

千旭抓住她的手，聲音有點沙啞低沉，「可以回答問題了嗎？」

洛倫鬱悶地歎氣，「聽說過龍血兵團嗎？」

「當然聽說過。」

「還記得我之前和你提過的穆醫生嗎？就是真的洛倫公主的戀人。」

「嗯。」

「他很有可能是龍血兵團的龍頭老大。」

千旭沉默，估計被嚇了一跳。

洛倫愧疚地說：「上次我們遇到襲擊的事和他有關，應該是因我而起。」

「他為什麼這麼做？」

「不知道，我也不想知道！反正不外乎名利權勢。」洛倫抓緊千旭的手，「等回去，咱們立刻就走！龍頭、執政官他們都是大人物，動動手指就能摧毀一個星球，我們沒必要做他們的炮灰，惹不起還躲不起嗎？星際那麼大，總有容身處。」

千旭捏了捏洛倫的手，安慰她：「不用緊張，龍血兵團再厲害，也不能公然得罪奧丁聯邦和阿爾帝國兩大星國，只要妳還是洛倫公主，他就不敢明目張膽地傷害妳。」

「他可以揭穿我的身分！」

「整件事都是他主謀，他沒那個膽子！」

洛倫想想有道理，如果事情暴露，她頂多算是從犯，穆醫生卻不但拐騙公主，還一手策畫了整件事，他才是罪魁禍首。但是……從犯也是罪犯啊！

「我不想再做假公主了！」洛倫頭抵著千旭的肩膀，低聲說：「我知道你捨不得奧丁聯邦，我們可以先在外面躲幾十年，等事情平息了，我再陪你回來。」

千旭沉默。

洛倫抱住他，軟語嬌聲地央求：「咱倆一起走吧，一起走吧！你捨得讓我一個人去星際裡流浪嗎？我還有好多技能都沒有學會呢！星際間到處都是危險，你放心嗎？好千旭，你可是大好人，絕對不能始亂終棄……」

千旭噗哧笑出來，「我始亂終棄什麼？什麼都還沒做！」

洛倫很不要臉地豁了出去，「可以現在做，還有十幾個小時呢！」

千旭忍不住大笑起來。

洛倫覺得傷了自尊，立即轉過身子，背對著千旭。

「小尋！」千旭笑著拽她，洛倫扭著身子不讓他碰。

千旭從背後把洛倫強抱進懷裡。

洛倫掙不脫，只能不回頭、不說話，表示抗拒。

「駱尋！」千旭在她耳畔輕歎，像是花香襲人的四月春風，把洛倫的羞惱吹得煙消雲散。

千旭的下巴輕蹭著洛倫的頭髮，「駱尋，妳喜歡千旭什麼呢？他只是個不起眼的小人物，沒有權，沒有錢，連身體都不好。」

「不要這麼說自己！」

「妳身邊明明有那麼多優秀的男人，就算不喜歡辰砂公爵，可楚墨公爵溫柔體貼，紫宴公爵知情識趣，左丘白公爵博學多才，我和他們比起來什麼都不是，妳怎麼會看上我？也許，只不過因為妳失去記憶，突然來到一個陌生的星球，身在困境中，就把第一個對妳好的人當成了深愛的人。」

洛倫仔細想了想，沒有否認千旭的分析，「如果我不是假公主，也許不會珍惜你的友善；如果你不是孤兒，也許不會理解我的無助。如果我不是孑然一身，也許不會想靠近你；如果你不是得了病，也許不會有時間陪伴我。如果我沒有失去記憶，也許不會完全信賴你；如果你不是普通人，也許不會平等地對我。如果沒有這些如果，也許我們根本不會相遇，或者，即使相遇了也會擦肩而過。可是，沒有如果，只有結果，不管千旭再普通，也是駱尋生命中最溫暖的光，不管駱尋再麻煩，也讓千旭沒有辦法捨棄。」

說到後來，洛倫的聲音甜滋滋的，讓聽的人像喝了蜜一般，千旭禁不住愛憐地親吻她的頭髮。

洛倫笑著說：「我覺得，愛情就像生命的誕生，是無數個偶然交織成的必然，無數個也許導致的註定。一旦發生，就沒有如果，只有結果。」

千旭好像一下子釋然了，歎息道：「沒有預料到情會起，也不知道因何而起，只是發生了，沒有如果，只有結果。」

洛倫懇求：「千旭，陪我離開阿麗卡塔吧！」

「不怕我的病嗎？」

「不怕！」

千旭沉默了一會兒，說：「好！」

洛倫激動地一下子轉過身，千旭伸出食指，擋在她唇前，「答應我一件事。」

洛倫忙不迭地點頭。

「我愛妳！比妳能感受到的更愛，否則我不會在這裡。所以妳必須答應我，不管將來發生什麼事，妳都要照顧好自己。如果有一天，我發病了，再也不能恢復神智，妳絕對不能讓那頭畜生傷害到我很愛的妳！」

洛倫緊咬著唇，一聲不吭。

「答應我！」千旭神情嚴肅，顯然不會在這個問題上讓步。

洛倫終於含著淚點點頭，千旭收回手。

洛倫抱緊千旭，賭咒發誓地說：「我會治好你，一定會！」

兩人頭挨著頭，手牽著手，在墳墓一樣的地穴中聆聽著彼此的呼吸，聆聽著彼此的心跳，聆聽著外面呼嘯的風聲。

＊　＊　＊

風暴停時，兩人從地穴裡鑽出。

洛倫又蹦又跳，拉伸活動身子。

千旭眺望著夜色盡頭，「再往裡去，就是岩林的核心地帶了，有可能遇見岩風獸。」

「我明白，會小心的。」

「那就一切都交給妳了。」

洛倫的大眼睛忽閃忽閃，滿懷期待地看著千旭。

前兩天，他為了讓她盡全力，一次利用她的羞愧心，一次利用她的愧疚心，這一次她既沒有走神，他也休息得很好，看他還有什麼花招。

千旭反應過來，眉眼含情，粲然而笑，「對妳啊……美男計就夠了。」

洛倫的心咚咚狂跳，只覺他眉似千山連綿，眼若旭日初升，臉唰一下就紅了。唉！千旭說的沒錯，對付她，美男計已經夠了。

她既然知道他不希望她有依賴心理，就一定會只靠自己、竭盡全力。

「準備出發了嗎？」千旭含笑問。

洛倫收斂心神，調整呼吸，把一切雜念清空，「出發！」

✷ ✷ ✷

一路行去，洛倫一直全神貫注、高度戒備，但是除了沙鼠和岩蛇，再沒有碰到其他動物。

五個小時後。

千旭突然叫：「小尋。」

洛倫立即停下，「要找休息的洞穴了嗎？」

「那個如何？」

洛倫順著千旭手指的方向看過去，林立的岩石中，一座像小山一樣高高聳立的巨石上竟然有一個像樣的山洞。

「去看看。」

兩人爬過去，大致看了一下。洞穴十分深，外窄內寬，很適合躲避風暴。

「和前兩天休息的地方比起來，這裡簡直像是豪華飯店，不過……」洛倫舉起節能燈照著石壁上的爪痕，「應該是岩風獸的洞穴。」

千旭查看四周，「非常乾淨，不是被遺棄的洞穴，洞穴的主人應該會在風暴前回來。」

洛倫看了眼時間，提議：「我們趕在岩風獸回來前，把洞穴搶過來？」

「好！」

＊　＊　＊

岩風獸雖然生活在一個滿是砂石的世界裡，但並不喜歡自己的洞穴裡有砂石。每次風暴後，牠都會把洞穴裡的砂石打掃乾淨。

想封住洞口，必須要有足夠的石頭。幸好，洞口不大，岩林裡到處是大大小小的石頭。

千旭找了三塊大石，搬到洞口壘放好。

洛倫把探險包倒空，調整到最大容量，去搬運小石頭，用來填堵縫隙。

她連續背了六包，算算距離風暴來襲還有段時間，正打算再去背一包時，千旭拉住她，「別去了，岩風獸隨時有可能回來，封洞口吧！」

像之前一樣，他把小石塊堆到大石頭的縫隙中，洛倫配合地噴灑多功能生物材料。

封到一半時，千旭說：「主人回來了。」

洛倫看他動作絲毫不變，依舊從容不迫地壘著石頭，驚慌的心立即鎮定下來。

不一會兒，一隻土褐色、似鳥非鳥的野獸收攏肉翼落在洞外，牠的後肢粗壯有力，可以支撐身體直立；前爪鋒利靈巧，能戳穿岩石。

牠發現洞穴被霸占了，朝千旭和洛倫憤怒地嘶吼，一根根交錯的牙齒就像是一把把鋒利的匕首。牠一邊探著頭想從縫隙中擠進來，一邊伸出前爪來抓已經壘好的石牆，想要毀掉阻擋牠回自己洞穴的障礙。

洛倫之前看過岩風獸的相關影片，可這麼近地面對時，那種震撼和看影片的感覺截然不同。她一時間有些愣神，不知道該怎麼辦。

千旭揚手射擊，幾枚子彈射在岩風獸的頭上，雖然沒有射傷牠，但逼得岩風獸往後退了一點。

千旭頭也沒回地把槍拋給洛倫，「交給妳了。」

洛倫手忙腳亂地接過槍，緊張地盯著岩風獸。

岩風獸一旦靠近，她就學千旭剛才的方法，朝牠的頭射擊，逼退牠。

隨著風暴逼近，岩風獸越來越急躁，攻擊也越來越猛烈。

一把槍的火力已經擋不住牠，洛倫又拿出一把槍，雙槍同時射擊才勉強擋住。

眼見千旭就要把洞口完全封住，岩風獸突然不管不顧地用頭撞向石頭牆，洛倫連連扣動扳機，一連串的子彈打在岩風獸身上。

牠皮開肉綻、渾身是血，卻依舊一次次狠狠地撞擊石頭牆。洛倫感覺整面石頭牆都在晃動，剛剛壘上去的碎石塊三三兩兩掉下來，縫隙瞬間變大。

風暴已起，狂風捲著碎石直灌進來，千旭一手拽開洛倫，一手抓起地上的探險包，把整個探險包都塞到縫隙中，用力按住。

洛倫反應過來，急忙噴灑多功能材料，背包和石牆漸漸融合在一起。

岩風獸依舊撞擊石牆，一下又一下。

石牆開始出現裂縫，洛倫覺得似乎下一次的撞擊，石牆就會碎裂倒下，不但岩風獸會撲進來，鋪天蓋地的石頭也會呼嘯著砸進來。

千旭從她手裡拿過材料瓶，雙手拿著兩瓶多功能材料，一邊加固石牆，一邊吩咐：「背靠石壁，蹲到洞穴最裡面，把背包擋在身前，護住頭。」

洛倫問：「你呢？」

千旭淡定地說：「我是異種，你照顧好自己，別讓我操心就是幫忙。」

洛倫蹲在洞穴最裡面，躲在背包後，緊張地盯著石牆。

呼嘯的風聲中，岩風獸的撞擊像錘頭一般，一下下敲打著洛倫的心臟，敲得她心驚膽戰。

感覺上非常漫長，實際只不過十幾分鐘，岩風獸撞擊石牆的力量漸漸微弱，直到再沒有動靜。

洛倫迫不及待地跑過去，「岩風獸死了吧？」

「嗯，牠的身體擋在洞口外面，山洞又多了一層屏障，應該很安全。」

「你的臉！」洛倫失聲驚叫。

千旭剛才只顧拽開洛倫，自己被吹進來的碎石打了個正著，沒有保護的臉頰和下巴上都是細細的血痕。

千旭摘下護目鏡，不在意地說：「妳沒上過戰場，這根本不算傷。」

洛倫心疼地問：「痛嗎？」

「不痛。」

洛倫拿出自己的清潔儀，「不介意用我的吧？」

「不介意。」

洛倫幫千旭把臉上的沙塵清洗乾淨後，噴上消毒療傷藥。

她心有餘悸地說：「好可怕的風暴！岩風獸竟然能在這樣的環境中生存下來，難怪人類會試圖融入這些強悍物種的基因。」

千旭拿了一罐濃縮營養劑遞給洛倫，「補充完能量，就去睡一會兒，明天要真正開始狩獵岩風獸了。」

「好！」

事關她能不能順利成為A級體能者，洛倫不敢馬虎，把一切雜念摒除到腦外，好好休息。

＊　＊　＊

一夜平安。

吃完早飯，等風暴平息後，千旭拆開石牆。

碎石和沙土已經將岩風獸的屍體完全覆蓋住，洛倫也不知道牠致死的主因究竟是最後的槍擊，還是狂虐的風暴。

兩人費了點時間，才把洞口打掃出一條通道。

千旭說：「我們就以這洞穴為據點在周圍狩獵，無論發生什麼事，都必須趕在風暴前回來。」

洛倫鄭重地答應了。

✷ ✷ ✷

洛倫躲在石塊後，窺視遠處正在進食的野獸。

那是一隻正值壯年的岩風獸，不管速度、力量，還是技巧，都比他們在山洞外碰到的那隻剛成年的岩風獸厲害很多。

剛才，牠和一對岩鷹夫妻搏鬥，不但把兩隻岩鷹撕碎、吞進肚子，還毫不客氣地把三隻小岩鷹當飯後點心也吃了。

B級體能者想殺死一隻岩鷹都要經過一番殊死搏鬥，岩風獸卻輕輕鬆鬆就把兩隻岩鷹給幹掉。

不過，經過昨天和岩風獸面對面的激戰，洛倫現在看到岩風獸，不但不懼怕，反而有一種躍躍欲試想要挑戰一下牠的衝動。

千旭問：「準備好了嗎？」

「好了！」

✶ ✶ ✶

洛倫沒有選擇埋伏，也沒有選擇偷襲，竟然光明正大地朝岩風獸走去。

岩風獸立即就發現了她，可也許因為剛剛飽餐一頓，牠對肉質並不肥美的洛倫沒什麼興趣，只衝著她警告地吼叫，打算驅逐她離開。

洛倫自然不可能離開，繼續往前走。

岩風獸覺得自己的威嚴被冒犯了，閃電般撲過來，想要秒殺洛倫。

洛倫急忙往側面避讓，岩風獸嘩一下張開將近兩米長的肉翼，狠狠地拍向洛倫。

肉翼尾端全是鋒利的骨刺，強悍的岩鷹被它搧打一下，半邊身體就血肉模糊。洛倫可不敢硬抗，立即向另一側疾掠。

岩風獸另一邊的肉翼也張開。

巨大的雙翼成合圍之勢，捲了過來，將洛倫兩側和後面的路全部封死，幾乎要把她逼送進自己嘴裡。

洛倫無處可躲，只能足尖點地、拔地而起，朝高處逃去。

常年在重力室裡刻苦訓練的成果在這個時刻終於展現出來，只見她身輕如燕，迅疾地向上飄去，馬上就要翻過岩風獸的頭頂，落在牠身後，躲過牠的攻擊。

岩風獸卻猛然抬起前肢，身體直立起來，一下子高了一米多。牠垂下頭、張開嘴，幾乎要一口咬掉正往上疾掠的洛倫的頭。

洛倫在半空中硬生生地剎住去勢，向後連翻三個跟斗，才從牠嘴下逃生。

岩風獸的雙翼張開，維持著身軀的平衡，兩隻後肢像人類的雙腳一樣移動著，兩隻前爪像人類的手一樣靈活地抓向洛倫。

只要被牠的利爪抓中一下，就算不死，肯定會丟掉半條命。洛倫左躲右閃，竭盡全力地避讓。

岩風獸步步緊逼，一直把洛倫籠罩在牠的凶猛攻擊中。

半空無處著力，洛倫漸漸力盡，可是她又不敢往下落，因為岩風獸的雙翼正準備隨時收攏，到時候，她被困在雙翼中，岩風獸再前肢落下，她不是被雙翼攪碎，就是被兩隻前爪撕碎。

岩風獸又一爪子拍打過來，洛倫雙手握著一把六角形、又尖又細的匕首，不退反進，直朝爪子衝去。

只靠她自己的力量，很難刺穿岩風獸堅硬的皮膚，但藉由岩風獸本身的巨大力量，尖細的匕首刺穿牠鎧甲一般堅硬的肌膚，扎入牠的掌心。

「嗷——」

岩風獸憤怒地咆哮，狠狠地甩爪子，想把弄痛牠的東西甩掉，洛倫頓時像斷線風箏一般被甩出去，砸落在低處的一塊巨岩上。

洛倫吐了口血，覺得全身上下的骨頭像是散了架，到處都痛，但總算從岩風獸攻擊的死亡圈裡逃了出來。

她迅速地翻身而起，手裡只剩一個匕首柄。她右手握著黑色的匕首柄，往綁在大腿外側的武器帶上一插，一枚又尖又細的六角形金屬刺插入匕首柄，一把新的匕首出現。

同時間，她左手從左側大腿的外側拔出一把同樣的匕首，雙腳蹲伏，雙手各握一把匕首，盯著高處的岩風獸。

岩風獸收攏肉翼，前肢著地，牠前爪裡那支六角形金屬刺扎得更深了。

岩風獸抬起爪子，在岩石上又擦又蹭，想要把扎進牠前爪的東西弄出來，但是，雄獅可以征服上千里的草原，卻無法拔出自己腳掌裡的一根小刺。

岩風獸憤怒地對洛倫咆哮，嘩啦一聲大響，張開巨大的雙翼，從高聳的岩石上飛掠而下，朝洛倫飛撲過來。

洛倫不但沒有避讓，反而向前衝去。

一人一獸在半空中相遇，岩風獸的雙翼呼嘯著搧打過來，想要把洛倫拍成碎末。

洛倫像是要送死一樣直衝向左翼，岩風獸下意識地放慢右翼的速度；牠也不想自己的一隻肉翼傷到另一隻肉翼。

洛倫驗證了自己的判斷：她暫時不用擔心另一隻肉翼的攻擊，專心對付左翼。她的身體幾乎貼著一排骨刺掠過，再次借助岩風獸本身的巨大力量，把兩把又尖又細的匕首插進岩風獸的肉翼。

「嗷——」

怒吼聲中，岩風獸降落到巨岩上。

牠的右翼震顫，左翼張到最大，呼嘯著拍向岩石，岩石被拍得粉碎，霎時飛沙走石，簡直像暴風提前來襲。

洛倫知道自己一旦被砸中，就會粉身碎骨。她雙手緊握著匕首柄，苦苦閃避。終於等到一個合適的時機，她雙手猛地一按匕首柄，黑色的手柄和銀色的匕身脫離，而肉翼以飛揚而起的力量一揮，她再次像斷線的風箏一樣飛出去，重重地砸在一塊岩石上。

洛倫搖搖晃晃地掙扎著爬起來，她的探險服被岩風獸肉翼上的骨刺刺破好幾處，看上去鮮血淋漓，一隻手也脫臼了。

洛倫顧不得處理身上的傷口，左手握著右手，咔嚓一聲把脫臼的骨頭接回去。

她撿起地上的匕首柄，雙手同時往大腿外側的武器帶上一插，隨著「咔噠」兩聲清響，兩枚又尖又細的六角形金屬刺插入手柄，變成兩把新匕首。

她雙手握著匕首，蹲伏在地，喘著粗氣，盯著岩風獸。

岩風獸的左前爪和左翼都受傷了。

三枚金屬刺留在牠的體內，牠沒有能力替自己拔出金屬刺，以致每行動一步，就加重傷勢。

而且，牠受傷的地方是左前爪和左翼，都在左邊，靈活性和平衡性都受到影響，攻擊的速度自然也受到影響。

不過，洛倫距離勝利還很遙遠。

她現在身體多處受傷，沒有時間止血，體力消耗迅速。

就算她有殺力螞蟻吞大象，一次又一次不惜自己受傷，用匕首去刺傷岩風獸，可岩風獸比她皮糙肉厚、血量充沛，最後死的應該依舊是她。

岩風獸似乎也明白，眼前這個看上去弱小的傢伙，實際是個刺頭貨。

牠瞪著洛倫，喉嚨間發出嗚嗚地低鳴，卻一直沒有發動攻擊。

野獸不會思考，卻會憑直覺行事。牠可以殺死洛倫，但牠最可怕的敵人不是洛倫，而是岩林。在殘酷的自然環境中，重傷一樣意味著死亡。

過一會兒，岩風獸慢慢後退，似乎表明：老子不打了！反正老子剛吃飽，打贏了也沒意思！

洛倫懵了，這該怎麼辦？

千旭的聲音傳來：「讓牠走！」

洛倫也慢慢往後退了幾步。

岩風獸看她沒有追擊的意思，張開雙翼，縱躍而起，從一塊石頭滑翔到另一塊石頭，盤旋飛舞著消失在一眼望不到邊際的岩石森林中。

洛倫精疲力竭地坐在地上，看看人家依舊矯健的身形，再看看狼狽不堪的自己，不得不感歎，真是強悍的傢伙啊！

千旭蹲到洛倫身邊，幫洛倫處理傷口。

洛倫沮喪地問：「失敗了？」

千旭斟酌了一下，寬慰道：「只能說這種方法不適合妳。」

洛倫垂頭喪氣地摘下護目鏡、解下武器帶，查看最痛的幾處傷口，發現有些地方傷得還滿重的，需要縫合處理。

她從醫藥包裡拿出消毒噴霧和縫合器，正要動手，千旭接了過去，「我來吧！」洛倫心事重重，又在醫學院裡習慣了男女無性別差異，想都沒想，立即平躺在岩石上，把衣服撩起來，露出平坦緊致的小腹。

千旭定了定神，一邊幫她縫合傷口，一邊和她聊天：「一般人狩獵野獸都會選擇遠端攻擊武器，妳怎麼會選近身攻擊的短匕首？」

「不知道，直覺吧！當時宿二問我打算用什麼武器，我就挑了這個。是我選的武器不對才沒有成功晉級嗎？」

「不是。岩風獸有雙翼，任何遠端武器如果不能在第一時間擊斃岩風獸，都會被牠迅速拉近距離變成近身作戰。妳選的武器很對，作戰的方法也很對，岩風獸知道再打下去，牠也難逃一死，才決定撤離。畢竟對野獸來說，只有食物和繁衍這兩件事，才值得生死相搏。」

「武器很對，作戰方法也很對……不可能只是直覺吧？」洛倫覺得巧合有點多了。

「直覺其實是潛意識的判斷，如果不是妳現在的記憶，那就是妳過去的記憶。以妳之前的體能，不可能自己和岩風獸打鬥過，很有可能是妳見過別人作戰。宿二和宿七不知道妳過去的記憶，幫妳制定的晉級任務不適合妳，不可能逼出妳的極限潛能。」

「你的意思是……我不僅這次失敗，而是完全失敗？」

千旭溫和地勸慰：「還有機會，下次吧！」

下次是什麼時候呢？洛倫難過地閉上眼睛。

一直以來，她那失去的記憶只會時不時地給一點彩蛋，還從沒有真正製造麻煩過，沒想到她就這樣莫名其妙地被過去的自己給狠狠坑了。

✷　✷　✷

處理完傷口，千旭說：「我們回山洞，等風暴過後，就離開岩林。」

「嗯。」

反正再待下去也沒有任何意義，洛倫悶悶地應了一聲，想要站起來。

千旭按住她，「妳的傷口剛縫合好，還是先不要用力，以防裂開。」

他蹲在她面前，「我背妳回去。」

洛倫沒有拒絕，溫順地趴到千旭背上，抱住他的脖子。

千旭背著她穩穩地躍下岩石，朝山洞的方向走去。

洛倫想到他特意趕來大雙子星，一路上細心照顧，就是想幫她把體能提升到A級，現在卻……

她心裡十分難過，小聲地說：「讓你失望了。」

千旭微笑著說：「我沒有失望。應該說妳總是讓我很驚喜。」

「驚喜？」

「妳和岩風獸的搏鬥很精采，我第一次看到有人利用岩風獸的力量去制服岩風獸。身為B級體能者竟然可以逼退壯年的岩風獸，妳應該為自己驕傲，不過……」

「不過什麼？」洛倫緊張地問。

「不過看妳搏鬥，我一直提心吊膽，第一次發現自己的心臟不夠強。」

洛倫心裡甜滋滋的，體能晉級失敗的陰影一下子煙消雲散。她笑靨如花，突然親了千旭一下。

千旭的腳步猛地一頓。

洛倫拖著聲音說：「你的心臟好像真的不怎麼強哦！」

她竟然又湊到千旭臉頰邊，像小雞啄米一般，一下下溫柔地吻著千旭，從臉頰一直親到耳朵，又從耳朵親到脖子。

「小尋，別鬧了，我們在趕路。」千旭腳步很穩，再沒凌亂，可他的臉頰和耳朵都慢慢紅了。

「哎呀！臉紅了！」洛倫笑瞇瞇地摸他的臉和耳朵。

不管什麼時候，千旭都是一副從容不迫的樣子，連談戀愛都談得份外淡定，似乎經驗十分豐富，可偶爾間，某些不經意的小動作卻又暴露他的確也是個菜鳥。

千旭無奈地自嘲：「碰上一個喜歡耍流氓的厚臉皮女友，只能我來負責嬌羞了。」

洛倫笑得見牙不見眼，「等回到阿麗卡塔，我們就離開奧丁；等找到合適的星球，我們就定居下來；等治好你的病，我們就結婚，好不好？」

千旭愣了一下，「妳這是向我求婚嗎？」

「嗯！」

千旭感慨，「沒想到會有女人向我求婚，妳是第一個，肯定也是最後一個。」

「你究竟答不答應？」洛倫扭住千旭的耳朵，一副「你敢不答應，看我怎麼收拾你」的樣子。

千旭微笑著說：「好！」

Chapter 13

從天堂到地獄

這麼多年過去後，她依舊是獨自一人行走在荒原上，
依舊固執倔強，依舊茫然無助，也依舊無依無靠。

洛倫摟著千旭的脖子，趴在千旭背上，滿眼冒著粉紅色泡泡，絮絮叨叨地憧憬兩個人的未來。

「……我希望咱們的房子能有一個小院子，院子裡種滿迷思花。還要有一棵高高的樹，那種不開花的樹，一年四季都有翠綠的葉子……」

自從在荒蕪的曠野上睜開眼睛的那一刻起，洛倫內心一直充滿不安全感，不知道自己是誰，不知道自己從哪裡來，更不知道自己該往哪裡去。

跋涉了三天三夜，好不容易碰到人類，卻稀里糊塗成了死刑犯，沒有一個人肯聽她辯解。不得不接受穆醫生的交易，死裡逃生，卻是冒充一個大星國的公主，去欺騙另一個大星國。孑然一身、舉目無親，還背負著一個致命的祕密，她一刻都不敢鬆懈。認真地學習醫術，刻苦地鍛鍊體能，努力成為人人尊敬的基因修復師……一切的一切都只是為了讓自己成為有用的人。

不會有一天，一睜開眼睛又被遺棄在荒蕪的曠野上。

不會有一天，為自己辯解時無人聆聽。

不會有一天，身陷囹圄卻沒有能力自救。

但是，不管她多努力，似乎都沒有辦法真正安心。

她擁有的一切就像是沒有地基的房子，看上去越華麗美好，越讓她擔心房子什麼時候會塌陷。

此時此刻，雖然她晉級失敗，即將放棄已經擁有的一切，但是她卻安心了。

她清楚地知道自己喜歡什麼，自己想要什麼，她是誰。

她喜歡千旭，她想要和千旭一起度過未來的每一天，她是駱尋、千旭的妻子。

千旭脣畔含笑，靜靜地傾聽。

在洛倫歡快的話語中，那些遙不可及、虛無縹緲的畫面越來越清晰，竟然變得真實可信、觸手可及。

也許因為一出生就被遺棄了，他從來不知道家是什麼。

從來沒有擁有過，也從來沒有想過去擁有。

他一直是孤身一人，也習慣了孤身一人。

他以為這一生註定生於孤獨、死於孤獨，生於黑暗、死於黑暗。

可是，這一刻，他真切地感受到家的感覺，就在他的背上。

她的說話聲、她肌膚的溫度、她的信任依賴、她的計畫憧憬……像一塊塊有形的磚石，為他搭建起一個家。

從寂寞孤單的孤兒院到星光閃耀的浩瀚星際，他停駐過很多地方，經歷過很多事，欣賞過很多風景，遇見過很多人。有過喜悅，也有過痛苦；有過希望，也有過失望；有過榮耀，也有過恥辱。

但是，從沒有愛過人，也從沒有被人愛過。

原來，這就是愛，不僅僅是甜蜜的現在，還能溫暖過去，照亮未來。

「……我們要像以前一樣，每年都去旅行，星際中有很多很好玩的星球。如果能存夠錢買一艘小型的私人飛船就好了！買不起新的，買艘二手的應該沒問題，到時候想去哪裡都很方便……」

千旭唇畔的笑意突然斂去，改變路徑，走到幾塊巨石的夾縫中。

洛倫還沒察覺異樣，依舊嘰嘰喳喳地說著話：「……如果我們自己學會改裝維修飛船，肯定能省不少錢……」

千旭放下她，在她唇上吻了一下。

洛倫立即石化，雙眼圓睜，驚喜地看著千旭，臉頰像染了晚霞一般緋紅，配上她傻呼呼的表情，完全是一顆任人採摘的紅蘋果。

千旭情難自禁，忍不住又吻了她一下，微笑著說：「妳自己先回山洞。」

「為什麼？」

千旭沒有回答，因為原因已經自動現身。

九個身穿探險服、頭戴探險頭盔的人出現在遠處的岩石上，顯然，他們的狩獵目標不是岩風獸，而是洛倫和千旭。

洛倫的眼力今非昔比，一眼就看出這九個人都是A級體能，領隊的男人甚至有可能是2A級。

洛倫苦笑。就算在體能強橫的奧丁聯邦，出動這樣一個全精英的作戰小隊，也絕不是一件普通的事，她究竟做了什麼，讓龍血兵團不依不饒？

領隊的男人揚聲說：「公主，請跟我們走一趟。」

洛倫沒有理會，專心地查看個人終端機，沮喪地發現一點訊號都沒有，根本沒辦法求救。

千旭問：「龍血兵團？」

領隊的男人沒有否認，也沒有承認，「我們只要公主，你立即離開，就饒你一命。」

千旭溫文爾雅地說：「你們立即離開，就饒你們一命。」

「自不量力！」

領隊拔槍就射，嗖嗖幾聲，子彈全打在千旭和洛倫身前的石塊上。

千旭毫不客氣地回擊，每顆子彈都直擊要害，逼得對方不得不躲到岩石後。

九個男人舉著槍，卻沒有再開槍，而是分散到岩林中，呈包圍之勢，小心地接近千旭和洛倫躲藏的地方。

千旭低聲說：「看來他們是想活捉妳，不是想殺妳，待會交戰時，妳找機會離開。」

洛倫斷然否決：「要走一起走！」

「一旦妳離開，我就不用顧忌，可以自由行動，暗中找機會甩掉他們，然後我會盡快追上去，咱們在山洞會合。」

洛倫知道千旭提議的分頭行動是眼前最好的戰術。她身上的傷不輕，即使留在這裡，也幫不上千旭，肯定是個拖累。可是，對方有九個人，實力相差懸殊，他們不會殺她，卻會殺千旭。

洛倫臉色難看，一直不吭聲。

千旭知道她聽進去了，只是感情上還難以決斷。

他猛地把她拉進懷裡，緊緊地抱住她。

洛倫幾乎要喘不過氣時，他又突然放開她。

「藏好！有人靠近就射擊！」他把槍塞到洛倫手裡，不等她反應，就一邊開槍，一邊躍出藏身的岩石。

連綿不絕的槍聲中，一道人影飄忽不定，轉瞬就消失在奇形怪狀的岩林間。

領隊的男人說：「先別管他，捉公主。」

九個人繼續朝洛倫藏身的地方包圍過來。

洛倫躲在岩石後，一旦找到機會就開槍射擊，雖然每次都被他們敏捷地躲過，但明顯讓他們的前進速度慢下來。

「啊——」

一聲短促的慘叫突然響起，隔著高高聳立的岩石，大家都不知道究竟發生了什麼事，只能推測肯定是藏匿起來的千旭做了什麼。

領隊的男人高聲叫：「三號？」

沒有人回答，顯然，三號已經遇難。

幽暗寂靜的夜色中，各種奇形怪狀的岩石看上去十分猙獰，透著重重殺機。

領隊的男人冷冷說：「他只是個A級體能者，下次再出現，立刻殺了他！」

剩下的七人恢復平靜，一邊防備千旭的偷襲，一邊繼續向洛倫所在的地方靠近。

洛倫知道三號的死亡就是千旭為她製造的逃跑時機，但是，她沒辦法扔下千旭一個人離開。機會稍縱即逝，所有人的注意力又回到她身上。

洛倫只能繼續開槍射擊，盡量延緩他們的接近。

但是，實力相差懸殊，包圍圈漸漸縮小。

「有——」

一個人驚叫示警，雖然聲音立即就斷了，但距離最近的兩個男人都閃電般地撲過去。短兵相接的打鬥聲傳來。

洛倫知道自己應該趁機離開，但又掛念著千旭，猶豫間，打鬥已經結束。

領隊的男人問：「什麼情況。」

一個男人喘著粗氣回答：「逃了！五號死亡，八號重傷，但他也被我刺了一刀，下次一定讓他有來無回！」

領隊的男人冷冷下令：「繼續前進！」

洛倫狠狠地咬著唇。

只要她不離開，千旭還要再繼續為她製造機會讓她逃跑，下一次她必須離開！

包圍圈縮小到一百米內。

「他在這裡！」

一個男人堪堪躲開千旭的偷襲，立即放聲大叫。

領隊的男人早憋了一肚子火，立刻衝過去，兩人前後夾擊，想要速戰速決，解決千旭。他的體能高於千旭，一連串殺招快若閃電，不一會兒，千旭身上就到處都是傷口。

領隊的男人朝另一個男人悄悄做手勢，兩人配合，同時從左右兩側發動攻擊，逼得千旭只能往後退。潛伏在岩石後的第三個男人悄無聲息地出現，揮著光劍刺向千旭的心臟，眼看千旭絕對避讓不開，他突然縱身一躍，以常人難以想像的速度，抓著光滑的岩石，攀躍到一根高聳的岩柱上。

領隊的男人十分震驚，完全沒有想到一個A級體能者竟然能躲開他們三人的合力擊殺。

「快走！」千旭像隻野獸一樣蹲伏在岩柱頂端，身子簌簌直顫，似乎努力壓抑著什麼。

洛倫失聲驚叫：「千旭！」

千旭嘶啞著聲音吼：「走！」

洛倫連遮掩身形都顧不上，直接跳上岩石，全力朝山洞的方向跑去。

蒼茫夜色中，一聲淒厲悠長的獸嘯傳來。

洛倫忍不住回頭，看到岩柱頂端的千旭正在異變，下半截的身軀還是人身，上半截已經獸化，正痛苦地昂頭長嘯。

她不忍再看，一邊拚命地向前跑，一邊眼淚潸然而下。

其實，異種異變後才是他們戰鬥力最強的時候，強橫的肉體能夠讓他們更從容地操縱異能。千旭此時異變，從保命的角度來說，是一件好事，但性命保住之後呢？

千旭完成異變後，低頭看向石柱下面四個目瞪口呆的男人，猩紅的眼裡滿是冷酷嗜血的光芒。

一個男人顫抖著聲音問：「他、他……是什麼？」

「不管牠是什麼，都必須死！」領隊的男人勉強維持著鎮定，舉起槍朝千旭射擊。

千旭一聲長嘯，從石柱頂端跳下，直接撲向那個領隊的男人。

一聲又一聲恐懼絕望的慘叫聲在夜色中遠遠傳出去。

✷ ✷ ✷

追在洛倫身後的兩個男人已經不知道自己究竟是在追逐，還是在逃命。

「那……究竟是什麼？」

「異種的祕密。如果我們能活著回去，可就飛黃騰達了！」

洛倫一聲不吭，用盡全身力氣向前跑。

剛縫合不久的傷口全部崩裂，奔跑的速度不知不覺慢下來。

野獸的吼叫聲正在漸漸接近。

兩個男人已經完全顧不得捉洛倫，為了增加活命的機率，他們很有默契地左右分開，朝兩個方向跑去。

洛倫身上有傷，散發著鮮血的誘惑。千旭沒有理會那兩個男人，毫不猶豫地繼續追逐洛倫。

洛倫拚命地加速，卻始終跑不過千旭。

漸漸地，千旭追上了她。

眼看著洛倫就要被千旭撲倒時，她突然躍到一塊高聳的岩峰上，雙手攀著凸起的石塊，沿著石壁，像隻壁虎一樣向上爬去。

千旭跳到旁邊的石塊上，躍躍欲試地想要撲到洛倫身上。

洛倫精疲力竭，咬著牙拚命向上爬，就要爬到岩峰頂上時，之前脫臼過的手臂突然失力，整個人向下墜去。

千旭立即抓住機會，張開血盆大嘴，惡狠狠地飛撲過來。

電光火石間，一隻強壯有力的手抓住洛倫，把她拽上岩石，同時抬腳狠狠一踹，把異變的千旭踹飛出去。

洛倫都顧不得看是誰救了她，立即轉身向後望去——

千旭重重摔在地上，但牠異變後的身軀十分強悍，就勢打了個滾，立即站起來，仰頭望著高高聳立的岩峰。

他似乎也知道上面的人不好對付，沒有再輕舉妄動，只盯著洛倫，喉嚨裡發出威脅地嗚嗚聲。

洛倫趴在岩峰邊，盯著千旭仔仔細細地看，想要從他身上找到人類的痕跡。

威風凜凜的頭部像獅又像虎，鋒利的獠牙像是森寒的匕首；猩紅色的眼睛，只有冷酷嗜血，沒有一絲溫情；修長的身軀將近兩米高，卻像獵豹一樣矯健靈活；四肢強壯、爪子鋒利，可以把一個強大的A級體能者撕成兩半。

除了他身上還殘存的幾縷衣服碎片，已經再找不到一絲千旭的痕跡。

完全獸化，突發性異變的症狀！洛倫的心漸漸地朝絕望的深淵沉下去。

她含著淚叫：「千旭！」

千旭飛縱躍起，跳到一塊兩米多高的岩石上，又再次跳三米多高，朝洛倫他們的岩峰撲過來。

一直沉默地站在洛倫身後的男人又是一腳踢過去，把千旭重重踹落到地上。

「你輕點！」洛倫衝著他吼，這才發現竟然是執政官。

他披著黑色的兜帽長袍，臉上覆蓋著冰冷的銀色面具，沒有絲毫溫度地看了洛倫一眼，視線投向洛倫身後。

「抓住兩個，其餘七個全部死亡。」紫宴的聲音突然傳來。

洛倫回頭望去，看到紫宴站在一塊四米多高的岩石上，正打量著異變後的千旭。

一隊全副武裝的士兵沿著岩林間的小道邁著整齊劃一的步伐走過來。

千旭變得更加狂躁，眼珠透出妖異的紅光，一邊憤怒地嘶吼，一邊躍躍欲試地想要發動攻擊。

紫宴神情肅殺，抬起一隻手，士兵齊刷刷停住。

他們舉起槍，迅速散開，包圍住千旭。

洛倫急忙哀求地叫：「紫宴，不要開槍，是千旭！」

「已經過了黃金十五分鐘，他是野獸，不是千旭！」紫宴冷冷說。

「不是的，他會清醒過來！」

話音未落，千旭已經撲向一個士兵。士兵沒有接到命令，不敢開槍，只能拔刀抵擋，可千旭十分凶猛，他相形見絀，完全抵擋不住。

岌岌可危時，紫宴突然打開手裡的光筒，光束匯聚到千旭身上，把他身周照得像白天一樣明亮，「洛倫，看清楚，他已經完全異變了！」

千旭被光束刺激得勃然大怒，驟然轉身，怒吼著飛撲向紫宴。

紫宴淡定自若，隨手一揮，幾張塔羅牌呼嘯著飛向千旭。

紫色的流光繞著千旭迴旋飛舞，美麗得像是精靈在跳舞。

實際上，每一道變幻的流光都是一把鋒利的匕首，割破他的四肢，劃開他的身體，還要割斷他的脖子。

一個人影猶如飛蛾撲火，闖入流光飛舞中，拚盡全力地追逐流光。

她赤手空拳地抓取流光，把一張張塔羅牌抓到手裡，實在抓不到的她就用自己的身體去擋。

她的速度越來越快，漸漸壓制住流光的速度，飛舞的流光越來越少。

當最後一道紫色的光芒消失時，洛倫鮮血淋漓地站在重傷的千旭身前，手裡握著八張塔羅牌，身上插著八張塔羅牌。

紫宴滿臉震驚，洛倫竟然為了保護千旭，在他的塔羅牌殺陣中突破身體極限，晉級成為A級體能者，她這是完全把千旭的生死凌駕在自己的生死前！

洛倫把被鮮血浸紅的塔羅牌扔到地上，倔強地看著紫宴和執政官，「你們要想殺他，必須先殺了我！」

「妳這樣維護一頭想吃了妳的畜生根本沒有任何意義！」

紫宴完全無法理解洛倫。身為被嚴格培養的繼承者，他親眼目睹、親身經歷過很多次異變。不捨、悲痛，甚至恐懼、憎恨，他都見過，最終每個人都會在現實面前權衡得失，做出理智的選擇，捨棄不得不捨棄的，保護值得保護的。他生平第一次看到有人如此任性，完全不顧後果、不管得失，對異變後的畜生依舊視若珍寶、以命相護。

「我會照顧他，絕不會給你們添麻煩，求你們放過他！」洛倫一面誠心誠意地懇求，一面警戒地盯著紫宴和執政官。

「妳怎麼照顧？牠會一直處於狂化狀態，攻擊撕咬一切，任何鎮定劑都沒辦法讓牠平靜！」

洛倫急速地思索怎麼說服紫宴和執政官。

一直趴在地上的千旭突然昂起頭，猩紅的眼睛寒氣森森地盯著洛倫。紫宴立即抬手，又射出一張塔羅牌，殺氣更加迫人，直取千旭的咽喉。

洛倫向後疾掠，想要攔截住塔羅牌。

千旭早就蓄勢待發，看到洛倫竟然向他靠近，立即躍起偷襲她。

洛倫的手抓住紫宴的牌，替千旭擋住了殺機，千旭卻毫不留情地張嘴咬向她。

千鈞一髮之際，執政官出現在洛倫身邊，一手推開洛倫，一手拍向千旭。

洛倫來不及回身阻擋執政官，只能以手中剛抓到的塔羅牌為暗器，用盡全力，擲向執政官的手。

炫目的紫光劃向執政官的手腕，執政官被逼得一緩。

洛倫趁機飛掠向前，雙手不停，一張接一張地拔出刺進她身體裡的塔羅牌，甩向執政官。執政官絲毫沒當回事，一隻手雲淡風輕地將一張張牌彈開，另一隻手毫不留情地再次拍向千旭。

「住手！」

撕心裂肺的尖叫聲中，洛倫的爆發力驚人，速度竟然再次提升，飛撲到千旭身體上，想要幫千旭硬抗執政官一掌。

執政官猝不及防，只得硬生生地收掌，改拍為拉，想要拽開洛倫。

電光火石、彈指剎那，他揮出去的掌風都還在，千旭的獠牙卻已穿透洛倫的手臂，把她的一整條手臂硬生生地撕咬下來。

執政官把洛倫拽進懷裡，鮮血才噴灑飛濺開，不但濺得洛倫滿臉滿身都是血，執政官的面具上也都是血。

「妳、手臂……」執政官盯著洛倫的斷臂，冰藍色的眼睛裡全是難以置信。

洛倫痛得臉色煞白，幾乎要暈厥過去，但全副心神仍然都在千旭身上。她僅剩的一隻手，死命地抓住執政官的手，「不要殺他！求你！求……」

執政官一手抱著搖搖欲墜的洛倫，另一隻手攜雷霆之勢，狠狠拍下，千旭淒厲地悲鳴一聲，緩緩倒在地上。

「不、不……」

洛倫慘叫著掙脫執政官，跪在地上去抱千旭。

她狀若瘋狂，臉上又是血、又是淚，眼睛裡滿是悲痛絕望，用僅剩的一隻手做著各種急救動作，努力想要救活千旭。

執政官試圖阻止她徒勞無功的舉動，「牠已經死了！」

洛倫聽而不聞，不停地說著：「不可能！絕不可能……」

一個小時前，千旭還背著她，為她的一句話微笑，為她的一個吻臉紅，他不會就這麼離開她！

洛倫跪趴在地上，去親吻千旭血淋淋的嘴；她的臉貼著他的臉，她的手挽著他的手，可是，他已經氣絕身亡。

她再也感受不到他的呼吸，聽到他的心跳。

「千旭！千旭……」

洛倫緊緊地摟著千旭的脖子，發出野獸般的絕望悲泣。

「妳必須立刻止血！」執政官想要把洛倫硬扶起來。

洛倫僅剩的一隻手捨不得放開千旭，又無力反抗執政官，於是她一扭頭，狠狠地咬在執政官的手臂上。

執政官沒有一絲動容，依舊一手環抱洛倫，一手按壓在她的斷臂處，把她從千旭的屍體邊強行攙扶起來，要帶著她離開。

洛倫淚如雨下，眼睛直勾勾地看著千旭，手用力地探向千旭，想要抓住他。

這一次，她沒有再羞澀地縮手，可是，沒有人會促狹地笑握住她的手了！

突然，洛倫拿出執政官送給她的死神之槍，指著執政官的頭。

兩人近在咫尺，面對著面，洛倫神情悽楚，臉上還有斑斑血淚，眼睛卻亮得嚇人，像是把所有生命都化作了熊熊燃燒的憤怒，一把火要燒毀一切。

執政官十分鎮定，冰藍色的眼睛靜靜地看著洛倫，就好像壓根不知道自己額頭上抵著一把槍。

紫宴被嚇得驚叫：「洛倫！」

所有士兵齊刷刷地舉起槍，對準洛倫。

但是，在赫赫有名的死神之槍面前，狡計多端的紫宴也不敢輕舉妄動，只能第一次低聲下氣地求人：「洛倫，放下槍！殺死千旭的不是執政官，是那隻野獸！執政官是為了救妳，才殺了那隻野獸！妳殺了執政官，不但自己死路一條，還會禍及阿爾帝國……」

無論他如何苦口婆心的央求勸告，洛倫都聽而不聞、不為所動。

她扯扯嘴角，露出一個比哭更難受的笑，「在舞會上第一次見到您，知道您身受活死人病的折磨時，我曾經想過被叫做人間地獄的痛苦究竟是什麼樣子，現在您讓我知道了。」

執政官沉默地凝視著洛倫，冰冷的面具沒有一絲溫度。

只要洛倫的手指向下按去，一聲輕響後，殺死千旭的人就會消失，她也可以解脫了，別的事她不想管，也管不著！

紫宴福至心靈，突然大叫：「駱尋！」

洛倫一愣，手指的動作猛地停下。

紫宴急促地說：「如果千旭在這裡，他肯定會同意我們的做法！不管是誰這麼對妳，千旭都會殺了他！即使是他自己，他也會殺了自己！」

洛倫眼裡的憤怒全化作悲痛，淚水潸然而落。

她慢慢地垂下槍，所有人都鬆了口氣。

紫宴飛掠過來，想從洛倫手裡奪走槍，洛倫動作更快，槍口對準他，冷冷問：「你們會把千旭送去哪裡？」

紫宴小心翼翼地說：「千旭沒有親人，按照慣例都是研究院，解剖研究……」

洛倫眼神死寂，突然揚手，朝千旭的屍體開了一槍。

一束紫藍色的亮光沒入千旭的屍體。

一瞬後，只見無數繽紛絢爛的流光從千旭的屍體中騰起，像流星一般飛向天空。

一顆又一顆流星，劃過漆黑的夜色，就像是一場盛大瑰麗的流星雨。

岩林的天空，一年四季總是晦暗不明，第一次有了星星的璀璨光芒，奇形怪狀的石塊也不再猙獰可怕，變得繽紛多彩、生動有趣。

流光飛舞中，千旭的屍體像冰雪一般漸漸消融。

眾人都呆呆地看著盛大瑰麗的流星雨，真正明白了為什麼這把槍會被叫做死神的流星雨，也明白了為什麼一旦中槍就必死無疑。

流星雨消失，天空再次變得晦暗不明。

地上已經空蕩蕩，什麼都沒留下，只有滿身鮮血的洛倫顯示著曾經的慘烈。

紫宴伸出手，溫柔得近乎央求，「洛倫，妳的傷口要盡快處理，風暴快來了，跟我回去吧。」

洛倫避開他的手，一言不發地向前走去。

沒有死神之槍的威脅，紫宴明明能攔住她，可她的眼神讓他沒有絲毫勇氣拉住她，只能眼睜睜地看著她擦身而過。

行走在黑夜中的洛倫，身受重傷，只剩下一隻手臂，每走一步都搖搖晃晃、踉踉蹌蹌，似乎下一秒就要摔倒，卻始終蹣跚著向前走去，沒有倒下。

紫宴忽然想起當年在重力室的一幕。

她那麼努力地想擺脫困境，成為受人尊敬的基因研究員，擁有了獨立行醫的執照，成為A級體能者，能接住他的塔羅牌，甚至能逼退執政官。

但是，這麼多年過去後，她依舊是獨自一人行走在荒原上，依舊固執倔強，依舊茫然無助，也依舊無依無靠。

看著她渾身鮮血淋漓、步履維艱地走進夜色盡頭，紫宴突然心內一痛；明明是他的計畫，他卻突然痛恨起自己。

* * *

洛倫搖搖晃晃地走進山洞後，再也支撐不住，整個人直挺挺地倒下去。

因為失血過多，眼前的一切都像是籠罩在重重迷霧中，朦朦朧朧看不真切。

自從在千里荒原上睜開眼睛的那刻起，一路行來，跌跌撞撞，不是沒有痛苦難受的時刻，但她從沒想過放棄，就算摔倒，再爬起來就好了，但現在她卻不想再起來了。

狂風大作，悲嘯怒嚎。

洛倫恍恍惚惚地笑了，她只是浩瀚星際間的浮萍微塵，與其在沒有希望的人間地獄中繼續掙扎，不如就這樣讓風沙把一切都掩埋了吧！

這是她和千旭的山洞，六小時前，他們離開時，說好要回來，他還承諾再給她一顆心的晚餐。

如果活著不能留住那一刻的幸福，就讓死亡永恆地留住那一刻的幸福。

那一刻，有一個人像傻子一樣，不厭其煩地在她耳畔一遍又一遍說「我喜歡妳」。

那一刻，有一個人特意帶了她喜歡的飲料，縱容她喝醉。

那一刻，有一個人在她睡覺時，一直看著她。

那一刻，有一個人為她精心準備早餐，講丘比特是異種的奇怪故事給她聽。

那一刻，他紅著臉答應娶她為妻……

恍恍惚惚中，好像千旭來接她了，小心翼翼地抱住她，溫暖著她漸漸冰冷的身體。

「千旭，我愛你！」

意識徹底墜入黑暗，昏死過去前，洛倫用盡全身力氣，說出了最後的告白，希望喜歡看她喜歡他的樣子的千旭能開心。

Chapter 14

為你活下去

世間沒有什麼可以永恆，
但思念會纏綿入骨，與生命同在，直到呼吸停止。

洛倫恍恍惚惚中，覺得半邊劇痛難忍，不禁出聲嘟囔：「好痛！」

「再忍忍，馬上就到醫院了。」

不是千旭！

霎時，各種畫面湧入腦海，她猶如墜入地獄，萬箭攢心般地痛。

本來以為已經解脫了，沒想到竟然還活著！

洛倫緩緩睜開眼睛，看到自己在紫宴懷裡，斷臂處已經被仔細處理包紮過，向來衣冠楚楚、倜儻風流的紫宴滿身血汙，透著狼狽。

四目相對，靜默無言。

紫宴似乎有些尷尬，安慰道：「到醫院就不痛了。」

洛倫靜靜地盯著紫宴。因為高燒，她的臉頰通紅、嘴唇枯白，兩隻眼睛卻異常清亮，像是兩汪寒潭，清晰地映照出紫宴的影子。

紫宴竟然不敢再和她對視，垂目勸道：「再休息一會兒。」

洛倫一言未發地移開視線，看到他們在疾馳的飛車裡。

風暴還沒有完全平息，執政官手動駕駛著飛車，迎著漫天風沙前進。在岩林裡這樣做，毫無疑問是一件很危險的事。

洛倫淡漠地說：「做為一個魚餌，就算活下來也不會感激你們。」

紫宴苦笑。這姑娘一直有一雙慧眼，只不過以前太會審時度勢，揣著明白裝糊塗，把所有精明都藏在了唯唯諾諾的和氣中，現在卻是撕下面具，不願再裝了。

紫宴坦承：「是我的主意，用妳做餌，引龍血兵團採取行動，辰砂反對，我極力堅持。」

執政官沒有溫度的聲音傳來：「紫宴只是提議，是我做的決定，也是我下令調走辰砂、配合行動。」

「執政官承諾辰砂一定保妳安全，辰砂才接受調令，離開大雙子星。」

「千旭的安全呢？」

沒有人吭聲。

洛倫眼神痛楚地盯著紫宴，「你當初知道千旭來幫我晉級時，沒有絲毫反應，是已經想好了要犧牲他嗎？」

紫宴知道這個問題絕對無法迴避，必須正面回答：「當時，我覺得對計畫有利，順水推舟、沒有反對，絕對沒有想過要犧牲他！千旭是奧丁聯邦最優秀的軍人，以他的能力肯定能自保，我沒有想到他會突然異變。」

洛倫似乎確認了紫宴沒有說假話，眼神漸漸渙散，一言不發地呆望著車窗外。不一會兒，她眼皮耷拉下來，又失去了意識。

紫宴明明知道她只是暫時昏厥，可依舊手指搭在她頸上，感受她的脈搏跳動，似乎只有這樣，才能確定那個在重力室裡走到死都不肯停下的姑娘依舊活著。

＊　＊　＊

洛倫再次恢復意識時，已經在醫院。

她沒有再提過千旭，也沒有再哭泣，異樣的安靜。

她就像是一個最配合的病人，叫吃飯就吃飯，叫休息就休息，叫做檢查就做檢查，可是，她從不開口說話，也從不關心自己的身體。

斷肢再生手術不是高難度的手術，但畢竟是大手術，就算是飽經戰火的軍人遇到類似的情況，也會關心地詢問一下手術結果。但洛倫完全不關心，就好像手臂能不能恢復如初，完全無所謂。

病房內。

楚墨正在為洛倫做檢查，一個人突然闖進來。洛倫依舊平靜地坐著，沒有任何反應，楚墨卻不悅地皺眉，回頭看是辰砂，才又和緩了神色。

辰砂一身戎裝、風塵僕僕，顯然剛剛趕到。他大步走到洛倫面前，仔細看著洛倫的斷臂處，傷口參差不齊，十分猙獰。

楚墨知道他在戰場上見慣了各種傷口，也沒有阻止，淡淡解釋：「紫宴說是異變後的野獸咬斷的，不用擔心，沒有傷害神經的毒素，能恢復如初……」

話音未落，辰砂突然回身，朝剛剛走進來的紫宴，一拳打過去。

這不是他們倆第一次動手，卻是紫宴第一次沒有躲避，拳頭正中面部，紫宴直接被打飛出去，整個人跪趴在地上，嘴裡鼻子裡都是血。

辰砂不肯罷休，又是一腳踢過去，紫宴也依舊沒有躲避，擺明了只挨打不還手。

楚墨看了眼一直淡漠地靜坐著的洛倫，猜到有他不知道的隱情，索性不理會那兩個了，繼續幫洛倫做檢查。

檢查完畢後，他脫下手套，一邊收器械，一邊問：「明天動手術可以嗎？」

洛倫點頭。

楚墨盯著洛倫打量了一會兒，緩緩說：「我有信心手術成功，但妳也是醫生，應該很清楚，手術成功只是治療的開始，不是結束，妳必須自己努力，才能讓重生的手臂變成自己的手臂。」

洛倫不吭聲。

辰砂卻突然停止了虐打紫宴。

楚墨看看鼻青臉腫、狼狽不堪地坐在地上的紫宴，無奈地輕歎口氣，提起他來帶去治療室。

辰砂走到病床旁，欲言又止地看著洛倫。

洛倫一隻手撐著床，緩緩躺下，笨拙地拉起被單，把自己連頭帶臉都蓋住，一副「你什麼都別說，我什麼都不想聽」的樣子。

＊ ＊ ＊

手術一如楚墨的保證，非常成功。

洛倫的手臂已經完全恢復原樣，表面上絲毫看不出她曾經受過重傷，但是，再生的手臂必須經過反覆鍛鍊，才能和身體真正融為一體。

這種復健不是一件容易的事，可對於A級體能者來說，也不算是一件難事。畢竟，能把體能訓練到A級的人，哪個沒吃過苦呢？

但是，洛倫簡直像一潭死水，常常一坐就是一整天，連話都不肯說，根本不可能去進行復健。

楚墨警告她：「妳再這樣下去，這條手臂會真的廢掉！」

洛倫像是沒有聽到一樣，完全不在意。

楚墨不喜歡多管閒事，但和洛倫也算有同事之誼，難得地囉嗦幾句：「封林說妳今年有可能拿到基因修復師的執照，如果不保護好這雙手，別說基因修復手術，就連正常的研究工作，都很難再做了。」

洛倫依舊神情漠然，什麼話都不說。

楚墨走出病房，對辰砂和紫宴說：「我能治的都治好了，其他事我無能為力。我還有病人，要立刻趕回阿麗卡塔。」

辰砂說：「這次麻煩你了，我送你去坐飛船。」

楚墨歎了口氣，像是兄長一般，狀似抱怨，實則縱容地說：「你從小到大麻煩我的事還少嗎？早習慣了！」

楚墨和辰砂一邊說話，一邊離開了醫院。

＊　＊　＊

紫宴走進病房，看著木頭人一樣的洛倫。

洛倫就好像他完全不存在，沒有絲毫反應。

「洛倫，千旭的死是個意外……」

「滾出去！」

洛倫完全不想聽他說話，紫宴卻坐到病床旁，想要認真交流，「執政官的確利用了妳，但他絕沒有想要犧牲妳。妳就算不信我的話，也應該想到妳是聯邦用一顆星球換來的，執政官那麼精明的人，怎麼會做賠本買賣？」

洛倫躺下，拉起床單蓋住頭，表示不想聽。

「洛倫，妳可以叫我滾，可以叫辰砂滾……但不要用這種態度對執政官！」紫宴想起她用槍指著執政官的一幕，至今心有餘悸。他擔心她因為千旭從此記恨執政官，心生執念，還會做出不理智的事。

「執政官是安教授從別的星球買回來的奴隸，剛到奧丁時，連字都認不全。他在奧丁聯邦沒有任何背景，卻靠著軍功從最底層的炮灰成為赫赫有名的將軍，之後又成為聯邦歷史上最年輕的執政官，可以說整個聯邦沒有人比他更能打仗。可是，執政官一直反對戰爭，甚至一直在努力修復異種和其他人類的關係。」

紫宴懇切地說：「妳是阿爾帝國的公主，兩個星國幾百年來陸陸續續打了多少仗，死了多少人？在奧丁聯邦，妳才是讓人痛恨的『異種』！可是，從妳到奧丁聯邦起，即使有許多不愉快，卻從沒有人敢真正傷害妳。封林從一開始就對妳百般照顧，辰砂明明不情願，卻依舊犧牲自己的婚姻給了妳應有的保護，妳以為這一切都是天上掉下來的嗎？

「妳申請參與研究院的基因研究，有三個公爵不同意，但妳在研究院工作的這些年，沒有出過任何亂子，妳不會真以為奧丁聯邦的公爵都這麼好說話，竟然一點陰私手段都沒有？妳的體能訓練、妳去醫學院上學，包括妳『駱尋』的身分，如果不是執政官批准，就算封林願意支持妳、替妳保守祕密，棕離、百里藍他們也不會答應。

「洛倫，我希望妳明白，在奧丁聯邦，執政官的意志能保護妳，也能毀滅妳！不要再做對他不敬的事！這不僅僅是妳的事，也是兩個星國，甚至異種和人類之間的事！」

紫宴語重心長、苦口婆心講了一堆，洛倫無聲無息，像是完全沒聽到。如果不是他聽力異常，能聽到洛倫的呼吸聲，幾乎覺得床上躺著的是一具屍體。

想到她變成這樣是因為一個異種，紫宴心情複雜，「洛倫，如果一定要恨，就來恨我，是我提出的計畫，是我設計的陷阱！」

＊　＊　＊

辰砂聽從楚墨的建議，帶洛倫出院，回到第一區在大雙子星的城堡，想叫宿二和宿七幫她進行復健。

洛倫對宿二、宿七還算客氣，可以有問有答地說幾句話，但想叫她進行復健，完全不可能。

她甚至連臥室門都不出，總是坐在窗邊，看著花園裡怒放的玫瑰花發呆。

那麼紅豔豔的花，看久了眼睛都好像要燃燒，她卻能一看就是一整天。

宿七說：「妳這樣下去可不行！」

洛倫竟然點頭附和：「我知道。」可是，對一個完全不知道未來在哪裡的人而言，行與不行，好像沒有任何分別。

辰砂實在看不下去，不顧洛倫反抗，把她強行帶到訓練場。

但是，不管辰砂說什麼，她就是動都不肯動。

無可奈何下，辰砂直接動手，想逼出她的反應。

像之前特訓時一樣，他一腳踹在洛倫身上，洛倫卻沒有像以前一樣身姿靈活地化去他的力量，而是實打實地挨了一腳，像一個木偶一樣直接飛出去，重重摔在地上。

她表情木然地爬起來，朝訓練場的大門走去，竟然想要離開。

辰砂擋在她面前，探手去攻擊洛倫的咽喉要害。

洛倫卻躲都不躲，直愣愣地站著，任由辰砂捏住她的脖子。

辰砂動了怒，手下真用了一點力，洛倫被勒得幾乎喘不過氣來。可她依舊沒有一絲反應，雙目冷寂，淡漠地看著辰砂，就好像辰砂下一秒捏斷她的脖子，她也無所謂。

辰砂面寒如冰，冷冷問：「妳現在這副尋死覓活的樣子算什麼？」

洛倫表情漠然。

辰砂說：「從一開始，妳就知道異種的祕密，很清楚我們會異變、會吃人！有勇氣愛上異種，卻沒有勇氣承受異種異變的結果？千旭如果知道妳這麼懦弱，一定後悔接受了妳！」

洛倫的眼神閃爍了一下，沒有說話。

辰砂咄咄逼人地譏嘲：「身為會隨時異變的異種，千旭肯定早做好孤獨一生的準備。他應該拒絕過妳很多次，妳肯定許諾了不管好壞，完全接受他的一切。妳現在這副樣子就是妳的接受？」

洛倫依舊一言不發，眼睛裡卻淚光閃爍。

「既然承受不起後果，一開始就不要自以為是地去招惹異種！妳以為妳這個樣子是深情嗎？千旭根本不需要……」

洛倫猛地推開辰砂，含淚瞪著他，「你就是座冰山，根本不懂什麼是感情，也不懂什麼是痛苦！既然選擇了配合執政官的計畫，用我做餌，去誘捕龍血兵團，現在假惺惺地裝什麼關心？」

她從辰砂身旁疾掠過，飛快地跑出訓練場。

辰砂一動不動地站著，整個人就像一座永不會融化的雪山，一直孤寂地佇立在天地間，一重又一重的皚皚白雪就像是最完美的面具，讓人們永遠只看到冰冷的雪，看不到雪下的山。

✷ ✷ ✷

洛倫跌跌撞撞地在山林間奔跑。她不想回辰砂的城堡，更不想見其他人，只能專揀僻靜無人的地方。

突然，她看到陡峭的山壁上開著一叢迷思花，不知不覺停住了腳步。濃蔭蔽日，陽光從樹梢的縫隙落下，恰好有一束照在迷思花上，映得藍色的花瓣晶瑩剔透，就像是用一片片的藍寶石雕成。

洛倫怔怔看了半晌，想都沒有多想，一隻手拽著山壁上的樹，努力往上攀爬。

她小心翼翼地站在一塊微微凸起的石壁上，一隻手抓著一棵樹的樹幹，另一隻手去摘迷思花。

那叢花明明已經就在手邊，但每次探手去摘，總是差之毫釐、摘不到手裡。

洛倫一再努力，一個非常簡單的動作，她費盡力氣都沒有辦法做到，整隻手完全不聽她使喚。

她又沮喪又惱怒，咬著牙，身子用力往前一探，花依舊沒抓到，人卻從山壁上摔下來。

她下意識地閉上眼睛。

沒想到沒有摔到地上，身體穩穩地停在了半空中。

洛倫立即睜開眼睛，看到執政官一手攬著她，一手幫她摘下迷思花。

身姿輕轉，飄然落地。

他彬彬有禮地放下她，把迷思花遞給她。

洛倫沒有接，一言不發地轉身就走。

執政官在其位、謀其職，所作所為全是為了奧丁聯邦的利益，即使以她為餌，引龍血兵團出擊，她都沒有意見，但是，千旭卻不幸異變，他又親手殺了千旭，洛倫沒有理由為千旭復仇，但也沒有辦法原諒他。

「公主。」

洛倫不停地加快腳步，想要甩掉執政官，執政官卻一直不急不緩地跟在她身後。

「我是奧丁聯邦的第四任執政官。第一任執政官游北晨的豐功偉績，天下皆知。第二任執政官黎瑞是守成之才，無功無過地維持了表面上的穩定。第三任執政官安蓉是辰砂的母親，一位非常優秀的女士。」

洛倫冷冷說：「我對你們奧丁聯邦的歷史沒有興趣！」

執政官像是沒有聽到一樣，雲淡風輕地繼續講述：「安蓉才華橫溢，很懂經濟民生，又擅長以柔克剛、平衡各方利益。當然，有所長必有所短，她對軍事一竅不通。不過，她的戀人是全聯邦最懂軍事的男人，奧丁聯邦當時的指揮官，第一區公爵辰垣。兩人聯手治國，又彼此真心相待，那應該是奧丁聯邦歷史上充滿希望的一個時代。可惜，一次意外的車禍事故，他們夫妻倆同時死於爆炸……」

洛倫想到她窗戶外如火如荼、明豔動人的玫瑰花海，不知不覺中腳步慢下來。她一直想不通冷漠得像一座冰山的辰砂為什麼會允許自己的城堡裡有那麼溫柔旖旎的風景，現在明白了。

「和他們同車的辰砂奇蹟般地躲過爆炸，僥倖活了下來。聯邦痛失兩位英才，當然是極其慘重的損失，但對一個六歲的孩子而言，卻是一下子失去了整個世界。辰砂得了失語症，很長一段時間都無法開口說話，楚墨的父親把他接去悉心治療，讓年齡相近的楚墨和他同吃同睡、朝夕陪伴，可沒有任何效果。後來，我猜到事情真相，在辰砂面前將事實複述一遍，才逼他開口說話。辰砂的父母並不是死於飛車爆炸，而是……」

洛倫停住腳步，左手下意識地摸向右臂。

執政官站在她身後，目光也落在她的右臂上，冰冷的面具泛著冷冽的金屬光芒，看不清他眼內真實的情緒。

「辰砂的父親是3A級體能，辰砂的母親是B級體能。在飛車行駛中，辰砂的父親突然異變，他的母親只來得及把辰砂推到飛車外，自己卻被完全異變後的野獸……生吞活吃了。」

洛倫的身子猛顫一下，左手緊緊地抓著自己的右臂。

執政官的目光一直盯著她的手臂，聲音沒有一絲溫度，「辰砂的母親為了保護辰砂，在臨死前啟動炸彈，炸死了吃人野獸。辰砂親眼目睹一切，只怕到現在都沒有真正走出那場事故的陰影。」

洛倫忽然轉身，憤怒地說：「執政官閣下，您是不是算計得太超過了？就算您要為辰砂解釋，叫我不要遷怒於他，也不應該把我和千旭的事情算計進去！」

執政官平靜地說：「我說的是事實。」

「您真讓我噁心！我看您爛掉的不只是身體！您的心才惡臭難聞！」洛倫罵完後，轉身就走。

以前有畏懼、有希冀，小心翼翼地陪著笑臉，生怕得罪他們，現在她不畏懼死、不希冀生，完全不在意後果。反正不管她怎麼做，有朝一日，身分被拆穿後，他們都不會對她客氣。

＊　＊　＊

夕陽映照，晚霞漫天。

洛倫坐在窗前，默默地看著園子裡的玫瑰花。

這座城堡曾經的女主人肯定很喜歡這種美麗卻嬌氣的花，把它們種滿整個城堡。那位男主人不見得喜歡花，卻很喜歡種花的人，甘之若飴地縱容她的嗜好。

可惜，象徵他們愛情的玫瑰花依舊年年盛開，他們的愛情卻以最慘烈的方式凋謝了——一個化身野獸，咬死了另一個；一個啟動炸彈，炸死了另一個。

洛倫輕輕地握住自己的右臂。

突然間，她想起什麼，起身去梳粧檯裡翻找一通，找出那個已經能源耗盡的3D相框。相框並不耗能，補充一次，能用好幾十年，所以應該至少幾十年沒有人看過這個相框裡的照片了。

洛倫幫它更換能源塊時，發現相框的背面鏤刻著第一區的徽章：一把出鞘的黑色利劍，紅色的玫瑰花纏繞著利劍而生。

底端刻著兩行小字：

沒有利刃的守護，世間的美麗不可能盡情綻放；沒有柔情的牽制，力量就像無鞘劍，會傷人傷己——辰垣＆安蓉

洛倫默默誦讀完，按了一下劍柄上的重啟按鈕，打開了塵封多年的相框。

一張張栩栩如生的相片出現在她面前。

都是日常生活照：一個容貌溫雅的女子、一個氣質清冷的男子，有單人的，也有雙人的。

她在花園裡種玫瑰，在臥室裡和人通話，在書房裡看新聞……

他在訓練室裡鍛鍊，在駕駛飛船，在原始星探險……

草地上，他們牽著手散步；會議室裡，他們頭挨著頭吃營養餐；戰艦上，她神情倦怠地靠在他肩頭……

突然間，出現一張嬰兒的照片，他們倆一人握著一隻小手，凝視著彼此在笑。

小嬰兒一天天長大，從蹣跚學步到會跑會跳，幾乎每張相片裡都有他。爸爸鍛鍊體能時，把他扛在肩頭；媽媽看文件時，把他抱在懷裡……

一張張照片看過去，會想當然地認定隨著時光流逝，一定能看到小男孩在父母的陪伴下長成少年、長成青年。

但是，一切戛然而止。

照片裡的孩子再沒有長大，一直停留在六歲。

最後一張照片是他從媽媽身邊跑向剛剛從飛船上下來的爸爸，爸爸半蹲下身子，伸手去抱兒子，目光卻是看著妻子，一家三口都是眉眼含情，唇畔帶笑。

辰砂竟然是會笑的！

洛倫正看著照片發呆，敲門聲突然響起。

「洛倫。」

是辰砂！洛倫手忙腳亂地把相框塞進抽屜，力持鎮靜地說：「進來。」

辰砂推開門，走到洛倫面前，冷冰冰地說：「明天妳必須進行復健！」

「我的事你不要管了！」因為做賊心虛，洛倫的神情沒有了拒人千里之外的淡漠，反而因為同病相憐，帶著一點柔軟，像是無奈的央求。

辰砂一愣，語氣也緩和了，「法律上，妳是我的妻子，我必須對妳負責。」

「你答應過我，只要我的體能到A級，就和我離婚。」

辰砂四兩撥千斤地說：「妳先把右手鍛鍊好，真正成為A級體能者，我們再商討離婚的事。」

洛倫還想說什麼，她的個人終端機突然響起。

來電顯示是封林，洛倫遲疑了一下，接通視訊。

封林穿著白色的工作服，正在辦公室裡工作。她對辰砂隨意地揮了一下手，瞪著洛倫，劈頭蓋臉地質問：「妳的假期早已經結束了，怎麼還不回來上班？」

「我……」

「我什麼？不就是斷了隻手嘛！楚墨告訴我手術很成功。妳趕緊滾回來，還有病人在等妳！」

「病人？」洛倫一頭霧水，完全搞不清狀況。

封林沒再廢話，直接給智腦指令，智腦一邊播放影像資料，一邊介紹病人的情況。

病人叫澤尼，十八歲，七歲患病，到現在已經被病痛折磨了十一年。是脫靶效應導致的基因紊亂，防疫力低下，一點小病就有可能奪去他的生命。

洛倫一看到他小時候的影像，就再移不開視線。這個孩子她認識，是阿麗卡塔孤兒院的孩子。

在孤兒院裡，生病的孩子大部分時間都必須待在室內，千旭有空時，常去看他們，講故事給他們聽，陪他們玩遊戲。

洛倫因為怕身分暴露，不敢出現在孩子面前，但她和千旭聊天時，常常會聊到孩子們的病情。

封林說：「本來澤尼的病無從入手，但妳在請假去大雙子星前不是提交了一篇基因修復的論文嗎？根據妳的理論，我們應該可以修復他紊亂的基因。」

洛倫緊張地說：「那、那只是理論！」

「妳的行事風格我很清楚，要是沒有幾分把握，絕對不會寫出來。再告訴妳一個好消息，基因委員會的十三位老教授都看過論文了，七位教授認為可行。」

「可是……」

「可是什麼？妳趕快給我滾回來，病人已經要等不下去了！」

洛倫盯著封林身後的螢幕，只見澤尼躺在無菌病房裡，戴著氧氣罩，連呼吸的空氣都必須經過特殊處理。

封林懇切地說：「我不是不能單獨動這個手術，但是，妳是理論的提出者，最瞭解一切。萬一有什麼意外，我處理不正確，不但會害死一個病人，還會讓才萌芽的理論被學術界摒棄。到時候，本來可以康復的病人卻會因為得不到救治而死去！這個手術妳必須在！」

洛倫問：「病人還能等多久？」

「最多一個月！」

洛倫盯著澤尼的照片，下定了決心，「一個月後見。」

封林笑起來，「我等妳！」

洛倫切斷視訊，看著辰砂，期期艾艾、欲言又止。她剛叫他別管她的事，就又轉頭想求他管了。只有一個月的時間，想要重生的手恢復到能做基因修復手術，一般人肯定做不到，只能求助於辰砂。

辰砂沒有為難她，淡淡說：「明天我陪妳去訓練場。」

洛倫滿臉羞赧，不好意思地問：「現在還不算晚，你有空嗎？」

辰砂沉默了一下，「有。」

洛倫拿起營養劑，討好地遞給辰砂，「我們現在就去訓練場。」時間有限，越早開始越好。

辰砂打量著她，不解地問：「連自己都不想救了，卻因為想救一個孩子，突然改變心意，為什麼？」

「不是毫不相干的孩子，是千旭照顧過的孩子，他肯定希望澤尼能恢復健康。而且……」洛倫咬了咬唇，瞪著辰砂，「我沒有自以為是、胡亂許諾！我是不願接受最壞的結果，因為我要努力爭取最好的結果！我告訴千旭我會治好他的病，但他和你一樣，都不肯真正相信我！現在，他已經失約，我……我一定會讓他後悔的！」

洛倫趕在眼淚落下前，轉身朝門外大步走去。

＊　＊　＊

一個月後，洛倫坐飛船回到阿麗卡塔。

一下飛船，她就立刻撥打封林的通訊號碼。

封林問：「下飛船了？」

「嗯，病人的情況如何？」

「一切穩定，手術是明天早上九點。」

洛倫緊張地問：「你傳給我的病人資料我已經都看完了，還需要我準備什麼？」

封林笑起來，「妳又不是第一次進手術室，緊張什麼？為了這一天妳已經準備了十年，現在好好休息，就是最好的準備！」

洛倫想到並不是她一個人做這臺手術，封林會全程在場，輕鬆了一點，「明天見。」

「明天見。」

飛車停在辰砂的官邸前，清初和清越站在門口等候，看到辰砂和洛倫，彎身九十度鞠躬，齊聲說：「歡迎公爵和夫人回家。」

辰砂對清初、清越的異常熱情沒有絲毫反應，面無表情地從她們身邊走過，直接回自己房間。

洛倫瞪了清越一眼，「妳弄出來的花樣吧？」

清越殷勤地幫洛倫打開臥室門：「夫人，請進。」

洛倫看到床上放著一件性感的蕾絲睡衣，床頭擺著幾個造型奇怪的蠟燭，鬱悶地問：「妳想做什麼？」

清越拿起一個蠟燭，獻寶地說：「這種蠟燭裡面含有刺激情欲的激素，能讓公主和公爵享受到最美妙的夜晚。」

洛倫把睡衣和蠟燭一股腦地塞到清越懷裡，「和妳的情人去享受吧！」

清越滿臉困惑，「我以為公主和公爵朝夕相處了八個多月，感情大增，已經是真正的夫妻。殿下總不能和公爵做一輩子假夫妻吧？」

洛倫的臉色霎時變得十分難看，眼睛裡全是痛楚。

清越被嚇到了，小心翼翼地問：「公主，發生了什麼事？」

洛倫搖搖頭，表示自己沒事，指了指門，示意她出去。

清越不敢再多說，抱著睡衣和蠟燭立即離開了。

洛倫無力地坐在床邊，打開個人終端機，看著通訊錄好友欄裡唯一的名字：千旭。

雖然親眼目睹了千旭的死亡，可也許因為死去的千旭是獸形，她始終無法相信千旭已經離她而去。似乎，他們只是如往常一般，因為工作太忙，一段時間不能見面而已。

明天要為澤尼做基因修復手術，如果一切順利，澤尼會恢復健康，她會得到基因修復師執照。往常，這麼重要的事她都會告訴千旭。

像是被蠱惑了一般，洛倫撥打千旭的通訊號碼。

嘀嘀的蜂鳴聲從終端機機傳來，洛倫安靜地聆聽，直到蜂鳴聲戛然而止，通訊中斷，表示無人接聽。

她發了條文字訊息：「我回到阿麗卡塔了，明天要進行一個大手術，有點緊張，希望一切順利。你最近過得如何？有沒有想我？」

當然不可能收到回覆，可洛倫依舊盯著螢幕，怔怔等待，自己都不知道自己究竟在不切實際地期待什麼。

突然，個人終端機響起「嘀嘀」的蜂鳴聲，洛倫心神驚顫，仔細一看來電顯示是紫宴。

洛倫按了拒絕，過一會兒，一則文字訊息發送過來。

「洛倫，按照基地的規定，千旭租住的員工宿舍即將被收回，所有私人物品會被銷毀。妳應該會想去看一下，有時間的時候聯絡我。」

洛倫立即撥打紫宴的通訊號碼，「我現在就有時間。」

紫宴乾脆俐落地說：「我在千旭的宿舍門口等妳。」

洛倫匆匆忙忙跑出門，要上飛車時，辰砂突然出現，冷冷問：「妳要去哪裡？」

「去千旭的宿舍，和紫宴約好了。」

「我送妳。」辰砂拉開車門，坐進飛車裡。

洛倫看無法拒絕，只能一聲不吭進入飛車。

辰砂沒有用自動駕駛，而是手動駕駛，只花十幾分鐘就趕到千旭的宿舍。他沒有下車，「我在車裡等妳。」

洛倫走到千旭的宿舍門外，看到紫宴一身簡單樸素的白衣黑褲，倚在欄杆上，凝視漫天的晚霞發呆。

景色無比絢爛美麗，可這隻花蝴蝶身上透著孤單寂寥。

聽到她的腳步聲，紫宴回過身，對智腦下達指令，宿舍的門緩緩打開。

「千旭在前線服役時有一個遺囑，存款和撫恤金捐贈給阿麗卡塔孤兒院。他是孤兒，私人所有物沒有人接收，按照規定，只能銷毀。妳如果有想要留作紀念的，我可以做主留下。」

洛倫站在客廳中央，看著和樣品屋一模一樣的客廳、飯廳、廚房。

是不是因為他一直知道有這麼一天，不願給別人添麻煩，才讓自己什麼都不去擁有？

洛倫悲從中來，恨自己沒有早一點看清自己的心，沒有早一點表白。如果千旭早一點知道自己不是一個人，會不會對自己好一點，讓自己多擁有一點？

紫宴也沒想到千旭的宿舍會是這樣，乾淨整潔得沒有一絲人氣，連迴避到外面的必要都沒有。他輕聲說：「我在這裡等妳。」

洛倫去了臥室。

床鋪得整整齊齊，毛巾掛得整整齊齊，四周纖塵不染，像是一個打掃乾淨的飯店房間，隨時可以讓陌生人入住。

她拉開衣櫃，裡面空空蕩蕩，只有兩套日常穿的便服和兩套工作時穿的軍服，洛倫拽起衣服貼在臉上，已經漿洗得乾乾淨淨，嗅不到一絲千旭的氣息。

她以前不明白他為什麼要這麼嚴苛，現在全明白了。

在死亡的陰影中，他像是一個孤身作戰的戰士，努力維持著最後的尊嚴，盡可能不給來收拾他遺物的陌生人添麻煩。

洛倫走進健身室。

四周纖塵不染，所有器材都整理得紋絲不亂，只有地上放著的一個陳舊黑匣子顯示這間屋子有人使用。

洛倫坐到地上，拿起黑匣子，按了播放鍵，古老悠揚的歌聲在空蕩蕩的健身室裡響起：

當風從遠方吹來
你不會知道 我又在想你
那些一起走過的時光
想要遺忘
卻總是不能忘記
你的笑顏 在我眼裡
你的溫暖 在我心裡
以為一心一意
就是一生一世
不知道生命有太多無奈
所有誓言都吹散在風裡
為什麼相遇一次
遺忘卻要用一輩子
風從哪裡來
吹啊吹
吹落了花兒，吹散了等待

滄海都化作了青苔

……

千旭在離開前正在聽這首歌嗎？

斗轉星移、滄海桑田，世間沒有什麼可以永恆不變，但思念會纏綿入骨，與生命同在，直到呼吸停止。洛倫摸著黑匣子上的藍色迷思花，眼淚一顆顆滴落在花瓣上。

突然，她想起自己送千旭的琥珀花，立即站起來，衝進臥室尋找。

翻箱倒櫃，每個角落摸了一遍，連衣服的口袋都沒有放過，卻什麼都沒找到。

紫宴聽到動靜，走進來，「妳想找什麼？需要幫忙嗎？」

洛倫怔怔發了會兒呆，說：「不需要了，他應該是帶在身邊，遺落在外面了。」

紫宴想起千旭屍骨無存，什麼話都說不出口。

洛倫拿起黑匣子，「我想拿走這個，一個音樂播放器。」

「可以，還有別的嗎？」

洛倫剛搖了搖頭，突然想起大熊，「千旭的機器人在哪裡？」

紫宴拉開儲藏室的門，「妳是說它？」

「是！」

「一般都是格式化後，重新安裝程式，配置給新主人，但它的型號太老，應該會直接銷毀。」

洛倫急忙說：「我能出錢買下它嗎？」

「不用了，反正是要銷毀的機器人，妳喜歡用就接著用吧！我叫人送去妳家。」

洛倫知道紫宴絕對幫了大忙，無論如何千旭都是現役軍人，她在法律上和他沒有任何關係，能接收他的機器人，並不是一件容易的事。

兩人走出宿舍，要各自離開時，紫宴突然說：「聽說妳明天有手術？」

「嗯，明天早上。」

「好好休息。」

洛倫什麼都沒說，轉身走向飛車。

辰砂看到她，什麼都沒問。

他掃了眼洛倫手裡緊緊握著的黑匣子，一聲不吭地發動了飛車。

＊　＊　＊

回到家後，洛倫早早上了床，可是輾轉反側，一直睡不著。

她知道明天必須保持最好的狀態，但越著急想睡卻越睡不著。

她已經喝了一杯幽藍幽綠，不過，自從變成A級體能者，幽藍幽綠的催眠效果就不太好了。

敲門聲突然響起，「睡了嗎？」

辰砂的聲音。

洛倫起身打開門，「沒有。」

辰砂把一杯看上去和幽藍幽綠很像的飲料遞給她，「試試這個，有助睡眠。」

「這是……」

「幽藍幽碧，幽藍幽綠的升級版，專為A級體能者配置的飲料，放鬆效果很好。」

洛倫覺得配製出這種飲料的傢伙絕對是個怪胎。她接過杯子，一口氣喝完，「謝謝！」

辰砂拿著空杯子，轉身離去。

洛倫突然叫：「辰砂！」

辰砂回身，疑問地看著她。

洛倫說：「謝謝。」

辰砂低垂了目光，淡淡說：「好好休息。」

＊　＊　＊

清晨，洛倫吃過早飯，趕到醫院時，安娜已經等在外面。

她一邊介紹病人最新的情況，一邊把洛倫帶到手術準備區。

洛倫脫下衣服，走進消毒室時，腦子裡還在默默回想澤尼的病歷資料。

隔著玻璃牆，也在接受全身消毒的封林說：「手術前，要充分準備，一個細節都不放過，但到這個階段，反而什麼都不要再想了，放輕鬆一點！」

「說得容易。我不相信妳的第一次不緊張。」

封林笑起來，八卦地問：「妳這次體能晉級受傷的事和紫宴有關？不會是他害的吧？」

「楚墨告訴妳的？」

「他那種悶騷，什麼都藏在心裡，才不會說這些事！是紫宴來找我，拜託我無論如何都要想辦法讓妳振作起來。難得碰到他求人，我沒客氣地敲詐了他一些東西，妳不會介意吧？」

「不會。」

洛倫消毒完，接過機器人遞來的手術服穿上。

封林一邊穿衣服，一邊笑著說：「我本來就想叫妳回來工作的，他來找我，我反倒裝模作樣十分為難。那個妖孽肯定知道我在演戲，可有求於我，只能由著我勒索。好解氣！哈哈……」

兩人穿好手術服，走出玻璃隔間。

封林打了個手勢，示意洛倫轉一圈，讓她檢查。

她上下仔細看完，伸手幫洛倫調整袖子，「體能晉級中受傷很正常，雖然很痛苦，但畢竟順利提升到A級了，妳可以好好敲詐紫宴，但別為這事耿耿於懷……」

洛倫輕聲說：「千旭死了。」

封林愣住。

洛倫轉過身，對著鏡子把頭髮挽起紮好，準備戴手術面罩。

封林擔心地問：「妳……還好吧？」

「我不好！」洛倫對著鏡子裡的封林勉強地笑了笑，「但絕對不會影響工作！相反地，我會更努力！」

封林實在不知道對這樣的洛倫該說什麼，大概只能和她一起努力了。

她戴上手術面罩，看著鏡子裡兩個穿著特殊鎧甲，即將要在一個特殊戰場上和死神打仗的人，豪氣干雲地說：「走吧！手術時間就要到了！」

＊　＊　＊

兩人一前一後走出消毒室，朝手術室而去。

寂靜的無菌通道裡，只聞她們堅定的腳步聲。

突然，嘈雜的叫嚷聲傳來，有人焦急地叫：「手術禁地，不能進入！」

封林和洛倫聞聲回頭，看到醫院的工作人員正在和一隊荷槍實彈的警察對峙，不過，明顯阻擋不住他們。

封林怒氣衝衝地質問：「你們要做什麼？不知道這裡是手術區嗎？」

一身警裝的棕離像一隻吐著舌信的毒蛇般悄無聲息地遊走過來，「封林公爵，現在有證據顯示妳有可能背叛聯邦，出售機密消息給聯邦的敵對勢力，麻煩妳跟我回去接受調查。」

封林冷笑：「荒謬！我現在有一個重要的手術，不管什麼事，等我做完手術再說！」她轉身就要走。

棕離拿槍指著她，「希望妳配合，不要逼我強行拘捕！」

封林回過身，指著手術室的方向，厲聲問：「一條人命等在那裡，你的調查就那麼重要？」

棕離不為所動，冷冷說：「我的調查關係著聯邦成千上萬條人命。」

他抬手打了個手勢，四個警察衝過來，包圍住封林。

封林氣得身體直顫，一把拽下臉上的面罩，語帶威脅地說：「棕離，你的證據最好很有說服力，因為我會投訴你濫用職權！」

棕離陰沉沉地笑了，「歡迎所有人監督我們執法！帶走！」

四個警察押著封林向外走去。

洛倫下意識地追過去，被其他警察攔住。她著急地問：「封林，澤尼怎麼辦？」

封林回過頭，難過地說：「手術取消。」

「可是澤尼已經不能再等了。」

封林滿臉黯然地轉過身，隨警察離開了。

洛倫病急亂投醫，竟然聯絡辰砂，著急地問：「你能叫棕離把封林放了嗎？」

辰砂一頭霧水，「封林不是和妳在一起動手術嗎？」

「棕離剛才把封林抓走了，說她叛國。」

辰砂大致猜到事情的來龍去脈，「我和棕離不同部門，不可能命令他做任何事。而且，如果涉及到叛國重罪，為了封林好，她最好配合接受調查。」

「哦，這樣啊……」

那麼只能另想辦法了，洛倫連再見都顧不得說，就切斷了通訊。

她匆匆趕到手術室，其他人已經得知取消手術的消息，正不知所措地議論著。

「可以找別的基因修復師嗎？」

「妳以為這是什麼，還可以隨意替換？這是最複雜、最難的基因修復手術！其他的基因修復師根本不瞭解澤尼的病情，怎麼動手術？」

「可是澤尼真的不能再等了……」

安娜身為封林的首席助理，打斷了大家的爭執，理智地說：「手術取消，送病人回病房，我們都盡力了！」

不！還沒有盡力！洛倫突然說：「安娜，我可以幫澤尼動手術。」

「妳還沒有基因修復師的執照，不能獨自進行手術。」

「妳找一個有執照的基因修復師在手術室監督我就可以了，不用他做。」

「事情不是妳想的這麼簡單，沒有人會願意的！」

洛倫怒了：「我知道妳害怕手術失敗，可如果不動手術，澤尼也會死，為什麼不試一試呢？」

「手術成功了，對方得不到任何好處；可如果失敗了，對方肯定會被調查是否有疏失，成為職業生涯的汙點，甚至會被取消執照，失去一切。而且……澤尼的病，在很多基因修復師眼裡，根本沒有動手術的必要。」

「那就不找任何人了，我獨自來幫澤尼動手術！」

「不合法！」

洛倫氣急敗壞地問：「這也不行，那也不行，難道眼睜睜看著澤尼死嗎？」

安娜依舊冷靜得像機器人，「我們只是普通人，能力有限，本來就不可能拯救每一個病人。」

洛倫沉默了。

安娜指揮大家收拾儀器，準備推澤尼離開手術室。

突然，洛倫擋在澤尼的病床前，「根據手術室原則，封林不在，我就是負責人，手術正常進行，請大家各就各位。」

安娜說：「妳想毀了自己嗎？現在澤尼還活著，如果手術不成功，妳就是謀殺犯！」

洛倫看著安娜，眼神堅定，「我知道自己在做什麼，我要動這個手術！」

「沒有人敢配合妳！」

大家都抱歉地看著洛倫。

洛倫乞求地說：「救救澤尼！我可以事先寫下書面申明，任何後果都由我一個人承擔！」

安娜語重心長地說：「不是我們不想救他，而是我們必須按照規章制度做事。」

其他人也紛紛附和，「是啊，是啊！」

在所有人統一的意見面前，洛倫一個人的堅持顯得十分蒼白無力。

突然，辰砂的聲音響起，「如果不違反規章制度，你們願意配合駱尋醫生進行手術嗎？」

洛倫驚訝地回頭，看到辰砂穿著一身筆挺的軍服，站在觀察室裡，隔著玻璃窗、居高臨下地看著他們。

就算不認識他，看到他制服上的肩章，也可以猜到他的身分。

所有人立正行禮：「指揮官！」

辰砂說：「這裡是軍事基地的附屬醫院，你們應該都是軍人吧？」

「是！」

「軍人必須無條件服從命令。」

「是！」

「現在我下令，進行手術。任何責任，我承擔。」

「是！」

辰砂的威名在外，大家再沒有絲毫質疑，一言不發地各就各位，重新開始準備手術，有條不紊地檢查各項數據：「已標記連鎖穩定，假基因穩定……」

洛倫傻呼呼地呆看著辰砂，辰砂冷冷問：「我是妳的病人嗎？」

洛倫立即轉過頭，看向澤尼。

安娜報告：「病人的所有數據都穩定。」

洛倫深吸口氣，走到龐大的手術儀器面前，握住操作端，「開始手術！」

Chapter 15

我們離婚吧

明明藍天白雲、陽光燦爛，卻沒有一絲溫暖的感覺，
岩林裡風沙漫天、暗無天日，卻有人相依相偎，溫暖盈心。

洛倫不是第一次進手術室，之前她曾以見習修復師的身分，參與了很多次基因修復手術，但每次封林都在，她只是個戰士，不需要多想，按照統帥的要求完成分配給她的工作就好。

這是她第一次獨自一人完成一臺手術，而且是一臺難度很高的非常規性大手術。

她是這場戰役的統帥，由她做出每一個決定，給每個人指令。

人類的基因組大概是三點九一億個鹼基對，約有三萬九千多個基因。異種還攜帶了其他物種的基因，鹼基對和基因都會與正常的人類不同，再加上各種原因導致的變異基因，讓每個異種的基因都是個例，變得十分複雜。

在外人眼裡，她面對的只是一具人體，可是透過基因儀，她的面前是成千上萬的敵人。它們藏在各個角落裡，偽裝成無害的基因，她只要一次判斷失誤，不管是敲除了好的基因，還是錯漏了壞的基因，死神都會獰笑著把澤尼的命收割走。

「鎖定！」

「敲除！」

「成功！」

隨著一遍遍重複的指令，智腦螢幕上提前標注過的基因被一個個敲除，顯示手術進行順利。所有人提著的心漸漸放下。

安娜看著洛倫越來越穩定的手勢，又欣慰又沮喪地想，都說勤能補拙，可某些時候不得不承認，有些人得天獨厚，天賦與生俱來。

六個小時後，螢幕上標注的病變基因被全部敲除，大家忍不住長舒口氣。

洛倫抬起頭，靠著冰冷的儀器，閉上眼睛。

她一邊休息，一邊說：「封林應該和你們溝通過，我們這次的手術和以前不同，不僅僅是敲除病變基因，插入假像基因。」

大家都沒有見怪，聚精會神地聽著。

雖然有智腦幫忙，可最終下判斷的是洛倫，她必須仔細甄別每一個基因，快速做出決定。六個小時的全神貫注，不但大腦疲憊，眼睛和手都很痠。

「病變的基因太多，全部敲除意味完全的摧毀，這就是為什麼大部分修復師認為澤尼的病沒有進行手術的必要，現在我們要編輯修復。」洛倫睜開眼睛，「從現在開始B組主控，A組輔助。」

大家替換位置，迅速各就各位。

洛倫低下頭，雙手握著手術儀，盯著眼前密密麻麻排列著的基因，下令：「開始手術！」

「鎖定！」

「特異突變引入！」

「成功！」

……

安娜擔心地看著洛倫。按照封林的計畫，參與手術的人員分成A、B兩組，本來打算讓洛倫帶領A組，做前面常規的基因敲除手術，封林帶領B組做後面的特異突變引入和定點轉基因手術，以保證手術的成功率到最大。可現在十幾個小時的手術必須要洛倫一個人完成，而且還是一個非常規性的大手術。

一個連基因修復師執照都沒有的新人來做一個實驗性質的突破性大手術？她真的能掌控全域，一個錯誤都不犯？

安娜已經做了一百多年的基因修復手術，早見慣風雲，被鍛鍊得波瀾不驚，但這次卻好像回到她第一次進手術室的時候，竟然覺得又緊張恐懼又興奮期待。

＊　＊　＊

觀察室裡。

辰砂坐在沙發上，埋首在虛擬工作檯間，忙碌地處理工作，似乎對玻璃牆那邊的手術完全沒有興趣，反倒是楚墨一直盯著手術室，像是欣賞一件絕美的藝術品一樣，津津有味地看著。

門突然打開，紫宴走進來，目光掃了一眼辰砂，落在楚墨身上。他皮笑肉不笑地說：「原來你們都活著呢！我還以為你們都死了，竟然沒人阻止那個女人發瘋！」

楚墨頭都沒回地說：「我試圖阻止了，不過，我的人打不過辰砂的人，我打不過他。」

紫宴看向監控螢幕，發現手術室門口站著一隊軍人，竟是辰砂的警衛隊，封鎖了整個手術室。

紫宴撇撇嘴，「辰砂，你就算想換老婆，也沒必要把前妻送上斷頭臺吧？」

紫宴打開虛擬螢幕，是焦點新聞報導。

主持人義憤填膺地質問監管機構何在，竟然允許一個沒有修復師執照的女人進行基因修復手術，這麼荒謬的事究竟怎麼會發生？

星網上無數人實名要求徹查事件，嚴懲相關人員，尤其那個無視法律、罔顧人命的女人！

辰砂冷冷說：「關了，很吵！」

紫宴關掉螢幕，「不是你不聽，事情就不存在。你明知道現在的形勢，還要弄出這種事……」

「手術已經開始，再追究已經發生的事沒有意義。」楚墨出聲打斷紫宴。

紫宴走到玻璃牆前，看著手術室內，「手術成功的機率有多大？」

「不知道。我只能說……」楚墨思索了一下，字斟句酌地說：「到目前為止，公主雖然有點緊張，但沒有犯過錯！不過，接下來的手術才是最難的，究竟會發生什麼事，誰都不知道。而且，手術成功只是給了病人活下去的機會，並不能保證病人一定會活著。」

紫宴的目光投向那個站在巨大的醫療儀器中，完全看不見臉的女人。她好像一動也不動，但智腦螢幕上一直顯示著不斷變換的基因圖像，密密麻麻、浩浩蕩蕩，就像是一個站滿了敵人、看不到盡頭的戰場。

他默默看了一會兒，轉身對辰砂說：「把手術消息洩露給公眾，應該不是為了對付洛倫，而是為了對付你，但事情處理不好，先死的一定是洛倫。」

辰砂問：「封林有罪嗎？」

「不知道。」

「證據不是你挖出來的嗎？」

「人證、物證都顯示封林聯絡過龍血兵團，把公主的行蹤出賣給他們，還幫他們潛入岩林，但我總覺得哪裡不對。大概因為我沒有立即行動，棕離起了疑心，不但突然採取行動，還去執政官面前告了我一狀。」紫宴無奈地扶額，「我們現在誰都無法相信誰了。」

辰砂和楚墨沉默。

「我走了，看看棕離從封林口裡審出了什麼。」紫宴笑著揮揮手，離開了。

楚墨若有所思地問：「你相信公主能手術成功嗎？」

辰砂看向手術室，「我對醫學一竅不通，連她究竟在做什麼都看不懂。說我相信她能成功，你信嗎？」

楚墨搖搖頭，半開玩笑地說：「我也覺得戰場上冷靜睿智的指揮官大人不可能因為一個熱血少女充滿信心地說幾句鬥志昂揚的話就頭腦發熱、胡作非為，但你支持公主這麼做總有原因吧？」

辰砂淡淡說：「不動手術，那個孩子肯定會死，動了手術，也許有一線生機。怎麼選擇不是很明顯嗎？」

「你依舊是這樣，完全不考慮戰役外的事。」楚墨歎氣，「你這個性格遲早會吃大虧！」

時間流逝。

楚墨不知不覺從坐變成站，整個人幾乎貼在玻璃牆前，神情凝重、聚精會神地盯著手術室內。

「鎖定！」

「同源重組、插入！」

「成功！」

……

依舊是一個個單調的指令，可不管是手術室裡的氣氛，還是楚墨的反應，都說明那個沒有硝煙的戰場上，洛倫和死神爭奪生命的戰爭打得很艱辛。

七個小時後。

手術室裡。

洛倫抬起頭，疲憊地宣布：「手術完成！」

大家十分激動，雖不能喧譁慶賀，卻打著手勢，相視而笑。

洛倫向每個人道完謝後，朝手術室外走去，剩下的人有條不紊地做著最後的收尾工作，準備送澤尼回病房。

辰砂看不懂螢幕上的數據與資料，只能向楚墨要答案：「手術成功了？」

楚墨難得地露了個大笑臉，凝視著洛倫的身影，驚歎地說：「非常完美的手術！她在後半場手術中的表現完全不像是一個新人，就連封林，甚至安教授，或者我的父親來做，也不會比她做得更好……」

楚墨的話還沒有說完，辰砂就向外走去。

楚墨急忙攔住他，肅容說：「手術成功並不代表病人能活下去。」

辰砂腳步輕移，繞過楚墨，「我知道。」

楚墨不得不疾言厲色地說：「辰砂，別不當回事！如果這個孩子死了，公主的謀殺罪名就落實了，你也難逃濫用權力、縱容謀殺的罪名！」

辰砂回身，依舊是那副冷淡沉靜的樣子，「戰場上沒有一定能勝利的戰役，手術室裡也沒有一定能救活的生命，如果這個孩子沒有度過危險期就死了，我和洛倫共擔罪名。」

「如果真是因病去世，算你倒楣！但如果他在危險期內被人害死了呢？」只要孩子死了，洛倫和辰砂的罪名就能坐實，肯定有人會想方設法置孩子於死地。

辰砂瞅著楚墨，「這不是你的地盤嗎？」

我的地盤就活該我搞定？你那理所當然的語氣是什麼意思？楚墨胸悶氣結，「紫宴說……」

辰砂消失在門外。

楚墨只能把那句紫宴說的「我們誰都不能相信誰」默默地吞回去。

＊　＊　＊

洛倫走出手術室，看到荷槍實彈的士兵守在手術室門口，還有幾個警察愁眉苦臉地等在一旁。

一個警察看到洛倫，想要過來，被士兵擋住了。他只能硬著頭皮大叫：「駱尋？」

洛倫脫下手術面罩，疲憊不堪地問：「什麼事？」全神貫注地和死神搏鬥了十三個小時，她現在精疲力竭，腦子完全是一團漿糊，只想趕緊找個地方睡一覺。

「我們接到舉報，說妳違法進行基因修復手術，請跟我們走一趟，配合調查。」

「哦，好！」洛倫想都沒想，直接繞過士兵，走到警察身邊。

幾個警察愣住，這麼簡單？他們看之前凶神惡煞的士兵沒有阻止的意思，才領著洛倫向外走。

快要出醫院大門時，辰砂大步追過來，「是我批准的手術，我也需要配合調查。」

幾個警察面面相覷。

辰砂說：「正好一起，省得你們再跑一趟。」

警察們懷著一種「好像很有道理，又說不出哪裡古怪」的感覺，把辰砂和洛倫一起帶進警車。

洛倫迷迷糊糊上了警車，才發現辰砂在她身邊，「你怎麼也在？」

辰砂沒有回答她的問題，「很累吧？」

洛倫已經累得連說話的力氣都沒有，實在沒辦法逞強，乖乖地點了下頭，「幸虧我是A級體能者了，否則根本撐不下來。」

辰砂說：「閉上眼睛，休息一會兒。」

洛倫扯扯嘴角，勉強地笑了一下，閉上眼睛，幾乎瞬間就昏睡過去。

夜色中，警車飛馳。

洛倫的頭慢慢朝側面一點點歪過去。

辰砂坐得筆直，一動也不動，似乎等著什麼發生。

可是，洛倫的身體好像自帶糾錯功能，總是快要靠到辰砂肩膀時，又坐直了，繼續呼呼大睡。

然後，沒過一會兒，她的身體又開始慢慢朝側面一點點歪過去。

晃晃悠悠，眼看著要靠到，卻又要直回去時，辰砂突然維持著筆直的上半身，往洛倫身邊迅速移動了一下，洛倫的頭終於挨到他的肩膀。

辰砂雙手放在膝蓋上，坐得筆挺，目不斜視地看著前方。

洛倫動了動，似乎察覺到異樣，嘴裡無意識的「嗯」了一聲，帶著濃濃鼻音，尾音拖得很長。

辰砂屏息靜氣、一動也不敢動。

洛倫的眉頭舒展開，似乎覺得終於找到舒服的姿勢，頭又往他頸窩裡靠了靠，安靜地沉睡著。

辰砂鬆了口氣，不管飛車如何開，都維持著上半身巍然不動，由著肩頭的那個人酣睡。

＊　＊　＊

天濛濛亮時，洛倫的呼吸突然急促起來，表情十分痛苦。

辰砂估摸著她在做噩夢，忙輕聲叫：「洛倫、洛倫……」

洛倫一下子從噩夢中驚醒，看到近在咫尺的辰砂，竟然被嚇得臉色發白，立即縮躲到車門邊。

「只是夢……」辰砂彎身過去想安撫她。

洛倫用力打開他的手，眼裡滿是驚懼，就好像他已異變成吃人的野獸，隨時會把她撕成碎末。

他心中苦澀，立即後退，「不管妳夢見了什麼，都只是一個夢。」

辰砂清冷的聲音像是一盆兜頭涼水，把洛倫的腦子徹底澆清醒了。

她深吸幾口氣，漸漸平靜下來，看到辰砂的樣子，知道他誤會了，但有些事根本沒辦法解釋，只能將錯就錯。

她掩飾地看向車窗外，「到警局了？」

從醫院過來，就算飛車開得再慢，一個小時也肯定到了，但現在天色已經濛濛亮，幾個警察無精打采地站在車外，眼神詭異地偷看她。

洛倫不敢相信地查看個人終端機，凌晨五點多。她一頭霧水，低聲問辰砂：「路上出了什麼事，怎麼現在才到警局？」

辰砂沒有理她，面無表情地下車，徑直向前走去，幾個警察像是小跟班一樣，殷勤地指路，洛倫只能默默跟隨。

進了警局，按照規定，洛倫和辰砂要分開隔離、單獨錄口供。

兩個負責審訊的警察本來以為洛倫會狗仗人勢，仗著有指揮官撐腰頤指氣使，沒想到洛倫十分配合。

他們問一句，洛倫答一句，不到半個小時，洛倫就乾脆俐落地把犯罪經過交代得一清二楚，還主動告訴他們：「按照醫院規定，所有手術都有全程錄影，你們需要證據的話，可以向醫院要。」

兩個警察面面相覷，從沒見過這麼配合的罪犯。他們心情複雜地說：「因為有指揮官擔保，妳可以回去了，但調查結果出來前，妳不能離開阿麗卡塔星，必須隨時配合調查。」

「好的。」

洛倫心事重重地走出審訊室，一抬頭就看到等在外面的辰砂。

他面朝窗戶，背對她站立，依舊穿著昨天的軍服，站姿挺拔、淵渟嶽峙，像是一把絕世寶劍，隨時等待著奪命一擊。

洛倫想起自己的夢，心中一驚，停住腳步。

辰砂立即轉過身，敏銳地問：「怎麼了？」

洛倫掩飾地說：「警察問的問題，我實話實說了，應該沒問題吧？」

「沒問題。」

辰砂好像完全不在意她說了什麼，一句都沒有過問。

還沒到上班時間，寂靜的樓道裡，只有他們並肩走著。

洛倫覺得很氣氛很凝重，沒話找話地說：「那幾個警察還不知道我的真實身分，也不知道怎麼回事，好像把我當成你的情婦了。」

辰砂沉默。

「他們沒有問，我就沒有解釋，反正這事棕離知道，也算不上欺騙警察。」

辰砂依舊沉默。

洛倫想起被棕離帶走的封林，關心地問：「封林怎麼樣了？」

辰砂終於有了反應，警告地說：「封林身後有一個區的力量，不需要妳操心。」

洛倫想到自己的尷尬身分，立即閉嘴。做為一個異國公主，對被指控叛國的封林而言，保持距離就是對她最大的幫助。

兩人走到停車場，看到來接他們的人竟然是古板嚴肅的安達總管。

洛倫很意外，拽了拽辰砂的衣服，小聲問：「他不是執政官的人嗎？怎麼在這裡？」

辰砂淡淡「唔」了一聲，也不知道究竟是什麼意思。

「你會不會被執政官責罵？」洛倫有點擔心。

「他從不罵人。」辰砂的話很誠實，只是省略了後半句「他一般都是直接把人揍進醫院」。

洛倫放心了。她問心無愧，不管結果是什麼都會坦然接受，只要別拖累辰砂就行。

三人坐上飛車，洛倫看安達和辰砂似乎沒有交談的打算，禮貌地問：「我可以視訊聯絡一下同事嗎？」

辰砂點了點頭，安達說：「夫人請隨意。」

洛倫打開個人終端機的通訊錄，聯絡安娜。

「澤尼怎麼樣？」

安娜早有準備，立即把澤尼最新的檢查報告調出來給她看。洛倫一邊瀏覽各項數據，一邊詢問澤尼的術後反應。

看完檢查報告，洛倫要安娜把兩種基因藥劑的用量加大。

安排妥當一切後，她切斷視訊，剛想閉目休息，就聽到安達問：「要多久才能確定澤尼平安度過手術後的危險期，保住了性命？」

「一般三四天後就能知道。」

「三四天……」安達若有所思地重複了一遍。

洛倫看他再沒有問題，頭倚著車窗，閉目假寐。

回到家裡，洛倫喝了一罐營養劑，泡了一個熱水澡，把自己扔到床上，想繼續睡覺。反正不能去上班，不睡覺也沒有其他事好做。

但是，腦子裡各種念頭此起彼伏，完全睡不著。

她想起凌晨時做的夢——

她在做基因手術，十分嫻熟自信，似乎已經做過很多次。周圍有很多人在說話，卻什麼都聽不清楚，終於聽到一個熟悉的聲音，她抬頭看去，卻是穆醫生。

他笑著抱住她，非常親昵地親吻她的臉頰。

她被嚇了一跳，場景一下子變了。

她穿著死囚衣服，站在刑場上，戴著面具的執政官像是殘酷的死神，冷冷宣判：「殺了她！」

封林指著她的鼻子，鄙夷憤怒地斥罵：「妳是個大騙子，一個死刑犯竟敢冒充公主！」

紫宴笑瞇瞇地彈出無數張塔羅牌，想要殺死她。

洛倫拚命地逃，卻看到辰砂擋在前面，他一臉寒霜，握著長劍刺向她……

她一下子驚醒了，正好看到辰砂，還以為仍在夢中。

辰砂當時說「不管妳夢見了什麼，都只是一個夢」，可遲早有一天會變成現實！

洛倫翻身坐起，打開智腦，想看娛樂節目放鬆一下心神，卻看到鋪天蓋地、和她有關的新聞。

她本來以為只是一個小範圍的調查，她已經成功完成手術，只要把事情的前因後果說清楚，應該不會有大問題，完全沒想到一個普通孤兒的基因手術，竟然成為舉國關注的重大事件。

她連著換了幾個頻道，都是在批判她藐視法律、草菅人命，甚至有媒體發起是否支持對駱尋執行死刑的民意調查。

洛倫苦笑，原來她和死刑這麼有緣，也許最終不管她怎麼逃，都逃不掉最初的結局。

洛倫關掉智腦，默默思索。

她不懂政治，但也知道事情鬧到這麼大，政府無論如何都要給公眾一個交待。如果澤尼能熬過危險期，活下來還好，如果熬不過，她就是證據確鑿的殺人犯。不處置她，只怕難以平息民憤。

難怪安達會紆尊降貴，親自去接他們，難怪飛車上安達會問她那個問題；這三四天可不是普通的三四天。不過，執政官擔心的應該不是她，而是辰砂，怕她拖累辰砂，毀掉他的光明前程。

洛倫想清楚後，立即做了決定。

既然是她把辰砂拖下水的，那就盡力彌補，把辰砂再送上岸。

她打起精神，換衣服、梳頭髮，還化了點淡妝，遮去臉上的疲憊。

＊　＊　＊

執政官的府邸前。

洛倫對安達恭敬地說：「我有點急事，想見一下執政官，不會占用他太多時間。」

「跟我來。」

安達領著她穿過大廳，走到會議室，「執政官在裡面。」

洛倫對他道完謝，走了進去。

執政官穿著黑色長袍，站在落地大窗前。因為逆光，他的身後是一窗燦爛的朝陽，身前卻顯得格外陰暗。

上次已經撕破臉破口大罵，洛倫也懶得掩飾心裡的厭惡，冷著臉，開門見山地說：「現在外界還不知道駱尋和辰砂的關係，但這事遲早會曝光，你肯定不希望我拖累辰砂。有一個辦法可以解決這一切，讓辰砂能置身事外。」

「什麼辦法？」

「我和辰砂離婚。只要我和辰砂沒有任何關係，憑藉辰砂過去的戰功，就算澤尼熬不過危險期，他也能全身而退，保住指揮官的職位。」

「妳想離婚，應該去找辰砂說。」

「他不會同意的。辰砂的性格……很軍人，不會背叛信仰、不會逃避危險、不會放棄職責！」洛倫的聲音不自禁地柔和了，「他認為我是他應該承擔的責任，在知道我有危險的情況下，絕對不會同意離婚。可是只要沒有了法律關係，我就不再是他的責任。」

洛倫篤定地看著執政官，他肯定有辦法在辰砂不簽字同意的情況下，讓他們的婚姻作廢，他也肯定樂意這麼做。

執政官卻走到會議桌旁，施施然地坐下，慢條斯理地看起文件，一副置身事外的樣子。

洛倫困惑不解，正要詢問，突然反應過來，立即回身，卻看到辰砂面色鐵青，目光森冷地盯著她。

洛倫心虛忐忑，「你、你別生氣！我、我……」她忽然想起什麼，理直氣壯起來，「你本來就答應過我，只要我成為A級體能者，就和我離婚，現在我想立刻離婚！」

「我答應的原因是妳和我離婚後，可以嫁給千旭！」話脫口而出後，辰砂立即後悔了。

洛倫忍著心頭的劇痛，不敢再開口，她怕一張口就會失聲痛哭。本來想把這事當做一個驚喜送給千旭，可現在她成功晉級了，千旭卻已經不在。

辰砂沉默地看著洛倫，想補救，又不知道能說什麼，因為他不可能同意離婚。

「呦！你們這是在做什麼？演愛情電影嗎？」紫宴的目光從他們身上一掠而過，走到會議桌前坐下。

百里藍、左丘白緊隨他身後，坐在了自己的位置上。

洛倫一言不發，立即走出會議室，卻被正往裡走的楚墨攔住，「公主，有點事需要妳幫忙。」

「我？」

楚墨對執政官說：「封林不在，我父親身體不好，安教授聯絡不上，一些基因學上的事只能諮詢公主，正好今天的事也都和公主有關。」

執政官還沒有回答，棕離的聲音響起：「把公主和前面三位相提並論，合適嗎？」

楚墨看著棕離，溫和地問：「你覺得我沒有資格說這話？難道你才有資格？」

棕離吃了個軟釘子，倒不見惱，盯了洛倫一眼，徑直走向會議桌，「你挑的人，你負責，我沒有意見。」

楚墨對洛倫鼓勵地笑笑，坐到了自己的位置上。

會議室的大門關閉，所有窗戶全黑，通訊信號切斷，顯然是一個很機密重要的會議。洛倫一頭霧水，呆呆地看著圍繞橢圓形會議桌坐著的七個男人。

執政官抬手，指著紫宴旁邊空著的位置，「公主，請坐。」

這是讓她參加會議了？洛倫下意識地去看辰砂，辰砂輕輕頷首，她才放心地坐下。

紫宴先發言，是封林叛國的罪證。

兩份口供，來自岩林裡抓到的兩個男人，指認封林向他們提供了公主的體能晉級資訊；一份破譯後的通訊記錄，顯示封林和龍血兵團所在的星域有過兩次通話。

紫宴說：「雖然口供中的聯絡時間和兩次通話記錄的時間完全吻合，但提供這份口供的男人來自龍血兵團，在通訊內容沒有核實前，我覺得證據還不夠充分，暫時沒有採取行動，沒想到棕離部長完全不考慮影響，冒然拘捕了封林。」

棕離冷嗤。

執政官問：「封林怎麼解釋通話記錄？」

棕離說：「封林承認有過通話，但不肯說通話內容，她說只是和一個研究基因的老朋友聊了幾句自己的私事，絕對沒有損害聯邦利益。」

左丘白淡淡說：「聯邦沒有把龍血兵團所在的星域劃定為禁止通話區，也沒有禁止私人交往，她的通話完全合法。」

棕離立即駁斥：「既然合法，為什麼不肯說出通話內容？」

「她有權保護自己的隱私。如果你能搜集到足夠的證據證明她的通話危害到聯邦利益，我可以簽署法令強迫她交代通話內容。」

棕離譏諷地說：「大法官閣下，你不要因為和封林上過床就不停地偏袒她！」

左丘白不慍不怒，平靜地說：「我的每一句話都以事實為依據，以法律為準繩。請出示證據證明我在偏袒封林，否則我可以控告你誹謗攻擊聯邦大法官，下令暫時拘捕你。」

棕離氣得一下子站了起來，「你……」

執政官抬一下手，示意他們都閉嘴，棕離只能又悻悻地坐下。

執政官看向楚墨。

楚墨點擊桌面，一個3D立體的注射器出現在會議桌的正中央。

洛倫一下子睜大了眼睛。她見過這個注射器。她被劫持的那個夜晚，有一個女傭兵想把藥劑注射到她體內。

楚墨說：「這是從被抓捕的男人身上搜出來的，沒有被破壞，和前面兩次的注射器一模一樣。」隨著他的話語，出現了兩個破壞得完全看不出原來樣子的注射器。

「檢測報告已經出來，但我看不出這種藥劑是做什麼用的，似乎對人體沒有傷害。我對基因的瞭解還很淺薄，麻煩公主看一下，能否看出問題所在。」

洛倫已經明白了，三個注射器，三次針對她的攻擊，如果不是各種機緣巧合，這些藥劑已經在她體內。

龍血兵團！

她究竟做了什麼，讓他們鍥而不捨、步步緊逼？

新仇舊恨全湧上心頭，憤怒悲痛的火焰熊熊燃燒著。洛倫立即打開藥劑分析報告，仔細閱讀。

半個小時後，幾個男人討論完封林和龍血兵團的事，發現洛倫依舊一動不動地盯著分析報告，也不知道神遊到哪裡，竟然一臉茫然悲傷。

百里藍眼含鄙夷，棕離不屑地笑。

「公主？」楚墨叫。

洛倫回過神來，「楚墨院長的判斷沒有錯，從某個角度來說，這個藥劑的確是無害的。」

「那另外的角度呢？」

洛倫點擊分析報告，讓它投影到會議桌的中間，方便所有人看到。她指著一個個資料，詳細解釋：「這裡、這裡、還有這裡……這些病毒在第一代宿主體內只會潛伏，但如果孕育新的胚胎，就會激發這些基因。」

洛倫刷刷刷地寫了一長串基因，楚墨說：「這些基因不是病變基因，對人體無害。」

洛倫又寫了一個病毒基因，「碰到這個呢？」

楚墨想了想，瞳孔驟然一縮，喃喃說：「難怪龍血兵團能縱橫星際這麼久，沒想到他們在基因研究方面這麼厲害。」

百里藍敲敲桌子，「喂，你們究竟在說什麼？別欺負我們這些文盲聽不懂！」

楚墨溫和地解釋：「眾所周知，遺傳訊息的主要載體是基因，但是，經常被忽略的粒線體也是遺傳訊息的載體。這種基因會潛伏在人體內，碰到特定的條件就會激發，降低粒線體的活性，讓基因沒有辦法再延續。簡單地說就是給基因做絕育手術，會讓人斷子絕孫。」

全星際都知道奧丁聯邦求娶洛倫公主是看重她的基因，如果沒有意外，他們肯定會複製她的基因來修復他們基因的穩定性，讓異種得以繁衍。龍血兵團實在用心險惡、居心叵測。

百里藍冷笑幾聲，雙手握拳，重重敲在桌子上，「派兵滅了龍血兵團！」

紫宴立即說：「不行！」

「他們想徹底滅絕我們，我們為什麼不能滅絕他們？」棕離陰毒地盯著對面的洛倫，就好像洛倫是要滅絕他們的敵人。

紫宴彈了一張塔羅牌，插到棕離面前。

他曲著食指，一下下彈著另一隻手裡捏著的牌，笑瞇瞇地說：「說不行的是我，你像條毒蛇一樣盯著辰砂的老婆幹嘛？」

棕離突然彈起，像一支離弦的箭般撲向紫宴。

「安靜！」執政官的聲音響起。

話音落，棕離又坐回椅子上，紫宴也收起塔羅牌，就好像剛才什麼事都沒有發生。

執政官說：「四百多年前，奧丁聯邦和星際人類聯盟簽署了停戰協定，整個星際的人類承認奧丁聯邦建國，不再派兵攻打奧丁聯邦，奧丁聯邦承諾不侵略任何一個被星際人類聯盟承認的星國或組織。龍血兵團是被星際人類聯盟承認的合法組織，你們打算破壞首任執政官游北晨簽署的停戰協定？」

執政官沒有溫度的視線從百里藍臉上看到棕離臉上，兩個人都低下了頭。游北晨在奧丁聯邦是神一般的存在，他們再張狂，也不敢無視他訂下的規則。

執政官收回了視線，「從我們異種在阿麗卡塔星宣誓起兵那天起，就不可能只挨打不還手。我同意滅掉龍血兵團，只是不能以戰爭的方式。」

百里藍和棕離興奮地抬起頭，彼此看了一眼，都想不出合適的辦法，竟然都默默地看向了紫宴。紫宴尷尬地摸鼻子，「我有那麼壞嗎？讓你們寄予厚望？」

左丘白和楚墨都笑，「正大光明的打仗要靠辰砂，這種見不得人的手段當然要靠你了。」

紫宴歎氣，「那個龍頭都不知道人在哪裡，這事不容易。」

「我可以幫忙！」

會議室裡驟然安靜，七個男人的目光齊刷刷看向洛倫。洛倫迎著他們的打量，神情平靜，目光堅毅。

辰砂說：「洛倫，別胡鬧！」

「妳幫忙？」百里藍哈哈大笑起來。

棕離也譏笑著說：「妳別做他們的間諜就是聯邦的萬幸了！」

紫宴直接對楚墨說：「這裡沒公主的事了吧？沒事就讓她回去休息了。」

洛倫站起來，目光清亮地盯著執政官，「龍血兵團的行動全都是針對我，雖然沒有如願傷到我，卻讓我永失所愛。剜心斷臂之痛，這個會議室裡最恨他們的人是我！」

執政官看著洛倫，一言不發，冰冷的面具上沒有一絲表情。

「如果你們願意接受我的幫助，我隨時效勞，如果你們不願意，我也會讓他們血債血償！」洛倫轉身，離開了會議室。

＊　＊　＊

洛倫摸著右臂，走在草地上。

明明藍天白雲、陽光燦爛，卻沒有一絲溫暖的感覺，岩林裡風沙漫天、暗無天日，卻有人相依相偎，溫暖盈心。

辰砂追上她，「洛倫。」

洛倫停住腳步，抬頭看著他。

辰砂說：「妳喜歡的是做研究，繼續做自己喜歡的事。妳的仇，我會幫妳報。」

洛倫苦澀地笑，手握成拳，敲了敲辰砂的心臟部位，「你還沒有喜歡上一個人，不明白的！」

因為喜歡，期待著未來的點點滴滴，盼望著朝朝暮暮在一起，心心念念憧憬著一起做飯、一起睡覺、一起努力工作、一起存錢去旅遊……

但是，現在都沒有了，什麼都沒有了！

如果不是因為她為了活下去假冒公主，龍頭穆醫生不會一而再、再而三地針對她，千旭就不會為了救她而異變。

這已經是她唯一能為千旭做的事了，怎麼捨得交給別人去做呢？

辰砂似乎想說什麼，最終卻沉默了。

洛倫誠懇地說：「我們離婚吧！妳和我結婚本來就不是心甘情願……」

辰砂突然握住洛倫的手，用力一拽，洛倫向前撲去。

他攬住她的腰，把她卡在自己懷裡，「妳再把離婚掛在嘴邊，我就要妳履行妻子的義務了！」

他面如寒冰，目光清冷，透著剛毅果決，絲毫不像是開玩笑。

縱然她已經是A級體能，可在他壓倒性的澎湃力量面前，依舊沒有絲毫勝算。洛倫再一次清楚地感受到，眼前的男人是異種，體內有異種生物的基因。

「你不和我離……」

辰砂攬著她腰的手收緊，頭俯下來要吻她，洛倫忙閉嘴，表示不說了。

辰砂威脅地盯著她，洛倫搖搖頭，表示肯定不會再說。

辰砂滿意了，放鬆了力量。

洛倫立即用力推開他，羞惱地說：「你遲早會後悔的，將來的你肯定會恨不得敲死現在愚蠢的自己！」

「人活在今天。」辰砂淡然地向前走去。

洛倫愣愣地看著他的背影。

辰砂回頭，「回家！」

洛倫回過神來，急忙跟上去。

Chapter 16 心動的感覺

明明是耳朵被柔軟的氣息輕拂，卻是心尖在發癢。
從沒有經歷過的古怪滋味，讓辰砂不自覺地往後躲了一下。

觀察室裡，洛倫看完所有檢驗報告，微笑著說：「我們可以準備為澤尼慶祝十九歲生日了。」

霎時，整個房間裡滿是尖叫喝采聲，甚至有人一邊大笑，一邊悄悄抹眼淚。

這場戰役到這裡才算真正結束。雖然法律上，所有罪責洛倫一人承擔，可他們身為「謀殺參與者」，在全聯邦民眾的謾罵聲中，一直寢食難安、壓力巨大。

楚墨一邊輕輕拍掌，一邊問身旁異樣安靜的辰砂：「想什麼呢？」

辰砂凝視著人群中央的洛倫，「我在戰場上殺了很多人，她卻會救人。」

楚墨感慨地說：「我父親看完公主動手術的影片後，說她比她的基因更珍貴。」

「同意。」

楚墨聽到辰砂嚴肅正經的指揮官腔，啞然失笑，「我去應付外面那群食人鱷了。」

「謝謝！」辰砂十分鄭重。

楚墨鬱悶地歎氣，「誰叫當年年少無知，一個不小心就把你睡了呢？既然睡了就要負責。」

好巧不巧，觀察室裡的歡笑聲正好安靜下來，眾人冷不丁地聽到這句話，一下子全傻了，像是按了暫停鍵的視訊畫面。

指揮官好像結婚了吧？

聽說是政治聯姻！

難怪楚墨大醫生一直沒有女人呢，原來是有斷袖之癖！

咦，那個政治聯姻的女主角好像就在這個房間裡……

大家都覺得自己好像知道了絕對不該知道的事，低頭的低頭，轉身的轉身，「哎，病人的這個問題……」做出沉浸在工作中的忙碌樣子。

只有洛倫瞪著亮晶晶的眼睛，像是發現了什麼新大陸，驚訝地盯著辰砂和楚墨來回看。

楚墨笑著拍拍辰砂的肩，揮揮衣袖，不帶走一絲煩惱地走了。

辰砂對洛倫說：「不是妳想的那樣。」

「明白，明白！當然不是了！」洛倫看看大家，很善解人意地附和。

眾目睽睽下，辰砂不願多說，打開虛擬螢幕——

醫院的記者會。

楚墨溫文爾雅、彬彬有禮地站在群情激昂的記者面前，不管記者的問題多麼尖銳刻薄，他的回答都有禮有節。

自從昨天爆出消息說，動手術的神祕女醫生真名叫英仙洛倫，是指揮官的夫人，阿爾帝國的公主，公眾簡直憤怒到了極點。

媒體搧風點火，把洛倫擅自進行手術、把警察部門至今不拘捕洛倫，甚至把研究院拒絕提供洛倫的影像資料，都歸結到指揮官濫用職權。

今天一大早，民眾們就氣勢洶洶地集會遊行，要求政府必須給大家一個交待。

楚墨安撫了一下大家的憤怒後，開始講述事情的前因後果。

先從澤尼的身世講起，一個沒有父母、缺乏關愛、常年生病的孤兒。

在和病魔的搏鬥中，他越來越虛弱，幾乎所有修復師都認為他的基因已經無法修復，註定要死亡。

沒想到峰迴路轉，有一個基因修復師願意幫他動手術，並且認為成功機率很大。

可惜命運多舛，手術前修復師突然受傷，不能進行手術，再安排其他基因修復師來進行手術已經來不及。可憐的澤尼命在旦夕，見習基因修復師洛倫公主為了挽救澤尼的性命，冒著自己終生不能從事心愛職業，甚至死罪的風險進行了手術。

洛倫喃喃說：「被他這麼一講，怎麼像是一部盪氣迴腸的電影呢？」

本來被人詬病的身分反倒成了最有戲劇效果的感動點：一個什麼都不缺的公主，為了一個一無所有的孤兒無私奉獻，簡直可以去申請星際和平獎。

不過，感動歸感動，各位記者的理智猶在，對整起事件仍然存疑。

楚墨視訊連線封林。

封林穿著一身寶藍色的職業套裝，看上去精神還不錯。她誠懇地對公眾道歉：「這個手術本來應該是由我來做，但因為意外事故，我沒有辦法如期進行。指揮官夫人能義無反顧地完成這個手術，我很開心，非常感謝她。」

封林是奧丁聯邦的國民女神，所有人都知道她親自主持的基因手術一定是危險性最高的手術，是別的基因修復師不能做、也不敢做的手術。他們完全沒想到指揮官夫人竟然是代替封林動手術。

所有人大吃一驚後，終於相信了楚墨的解釋。

但是，基因手術可不是膽子大、愛心多就能勝任，指揮官夫人也許膽子夠大、愛心很多，行事卻嫌魯莽……

視訊連線到病房，病床上躺著的少年大家已經很熟悉，正是這幾天被媒體反覆報導的澤尼。不過，因為醫院監管嚴格，他們想盡辦法也無法接近澤尼，只能用澤尼以前的影像資料。這是第一次真正看到澤尼。

病床上的少年睜開眼睛，還戴著氧氣罩，不能說話，但是他緩緩抬起手，翹起大拇指，像是一個從戰場上重傷歸來的軍人，對大家比了一個勝利的手勢。

楚墨切斷視訊，並且讓澤尼那個「翹著大拇指表示勝利」的畫面定格在所有人面前。

楚墨說：「我知道，在場諸位，一直關注此事的各位，還有很多疑慮。有人在考慮法律，有人在考慮制度，但我們是醫生，只考慮生命。澤尼會慶祝十九歲的生日，還會慶祝二十九歲、三十九歲、四十九歲的生日，這就是所有醫生的想法！」

他說完，不再回答任何問題，轉身離開了記者會的現場。

「哇！好帥！好帥！」

觀察室裡響起劈裡啪啦的鼓掌聲，四周跳動的都是粉紅色的桃心。

洛倫一邊用力鼓掌，一邊拿眼覷辰砂。

辰砂做事過於犀利強硬，楚墨卻恰恰相反，一手化骨綿掌耍得出神入化。難怪封林會對楚墨情根深種，要能力有能力，暗流湧動中不動聲色地護住了澤尼；要手腕有手腕，連油鹽不進的棕離都願意幫他；要心機有心機，一場記者會就把喧鬧了幾天的大風大浪化於無形。關鍵是姿態還特別漂亮，謙謙君子、風度卓然，比另一位手腕和心機都不差的紫宴，形象不知道正面了多少。

「怎麼了？」辰砂立即察覺到洛倫的窺視，側過頭問。

洛倫看了眼仍在花癡的大家，勾勾食指。

辰砂微微側過身，洛倫墊起腳尖，手搭在他肩頭，嘴湊到他耳邊，小小聲地說：「你和楚墨很般配。」

明明是耳朵被柔軟的氣息輕撫，卻是心尖在發癢。從沒有經歷過的古怪滋味，讓辰砂不自覺地往後躲了一下。

3A級的體能，一舉一動都快若閃電。洛倫搭在他肩頭的手驟然失去支撐，整個人重心失衡，直接向地上撲去。

辰砂意識到不對，想要去扶洛倫，洛倫已經像跳舞一般，足尖在地上一扭，身體翻轉過來，亭亭玉立在他面前。

洛倫翻著白眼看他，辰砂尷尬地沉默。

洛倫幽幽地說：「討厭我可以明說，沒必要故意讓我在眾人面前摔跟頭。」

✷　✷　✷

楚墨打發走所有食人鱷，想到終於又可以安靜地做一個好醫生了，愉快地回到辦公室，卻看到洛倫等在外面。

「什麼事？」

「封林沒有叛國，至少和龍血兵團勾結的人不是她。」雖然辰砂警告過她別多管閒事，但有些事真的做不到不聞不問，尤其這事還和她有點關係。

楚墨感興趣地問：「證據呢？」

「我沒有證據，但我堅信她不會勾結龍血兵團來害我。」洛倫祈求地看著楚墨，「你一定有辦法幫封林，拜託你想想辦法吧！」

楚墨笑起來，「封林不顧忌妳的身分，把妳當好友，妳倒是沒有辜負她。放心吧，有的是人幫她，不用我多事。」

洛倫覺得楚墨的語氣有點怪，急忙問：「誰？」

「左丘大法官已經以證據不足的原因下令棕離放人，棕離想要給封林定罪，必須找到更有力的證據。」

左丘白？封林的初戀男友！洛倫心裡驚歎，這個前男友實在太給力了！

「那封林怎麼還在監獄裡？」

楚墨苦笑，「封林自己不肯出來，她要棕離跟她磕頭道歉。」

咦？封林女王竟然賴在監獄裡不肯出來……難怪視訊裡精神不錯呢！看來虐棕離虐得很爽！

楚墨說：「封林要是一直不來上班，這事遲早會鬧大。妳如果能幫棕離把封林弄出監獄，棕離肯定會感謝妳。」

「嗯……」洛倫想了想，鄭重地說：「我比較喜歡看棕離下跪道歉。」

楚墨感慨，「得罪誰都好，就是別得罪女人。」

洛倫瞅著楚墨，一時嘴快，沒忍住地說：「你若想幫棕離，就自己去找封林說情了，封林向來很給你面子。」

楚墨微笑不語。

洛倫也不知道他究竟知道不知道封林對他的心意，半開玩笑地試探：「你到底是喜歡男人還是喜歡女人，或者男女通吃？」

楚墨按了一下個人終端機，對著那頭的辰砂說：「快來把你老婆接走，她太聒噪了！」

＊　＊　＊

洛倫本來以為出了這麼大的事，她肯定拿不到基因修復師的執照了。

沒想到經過楚墨的調停，基因委員會最終同意授予洛倫基因修復師的執照。

但是，洛倫必須做十年的社會公益服務，就是十年內她所做的基因修復手術都是無償的，服務於生了病卻沒錢動手術的人士。

洛倫毫不猶豫地答應了，大概因為千旭是孤兒，又曾是基因研究的試驗體，洛倫愛屋及烏，完全不覺得是懲罰。

而且，她冒充公主欺騙了整個奧丁聯邦，心裡總有些難以釋然的愧疚，能用一技之長回饋整個社會，也算贖罪。

基因委員會的理事長通知她去斯拜達宮的執政廳領取基因修復師執照。

洛倫不明白，理事長解釋說她身分特殊，沒有前例可循，執照的頒發層層上報，最後不得不上報執政官，請他簽字。

既然是執政官簽字，按照慣例，當然由執政官頒發。

洛倫討厭執政官，但為了執照，只好去執政廳面見執政官。

「恭喜！」執政官把一份用傳統手工藝製作的紙質證書遞給洛倫，顯得十分古樸鄭重。

洛倫淡淡說：「要謝謝楚墨。」

她收好執照，就要離開。

「公主。」

洛倫站定，冷冷看著執政官。

執政官說：「上次妳說要龍血兵團血債血償，妳打算怎麼做？」

「你同意我參與你們的行動了？」

執政官凝視著她，難得地語氣帶了一絲溫度，懇切地說：「不管妳要龍血兵團誰死，我……我們都會做到，妳的聰明才智不應該用來殺人，而是應該用來救人。」

洛倫簡直想把手裡的執照砸到執政官的面具臉上，她強忍著淚意說：「這個世界上，我最想救的人已經不在了！」

執政官沉默不語，沒有表情的面具臉泛著金屬冰冷的光澤，讓他像一尊沒有血肉的金屬塑像。

洛倫轉身離去。

執政官的聲音突然從身後傳來，「時間會撫平妳的傷口。」

洛倫沒有回身，只是譏諷地說：「閣下身上到處都是見不得人的傷口，希望時間也能撫平你的傷口！」

✷ ✷ ✷

洛倫回到辦公室。

「嘀嘀」的蜂鳴聲響起，個人終端機提醒她收到一份重要文件，必須盡快查閱。

「駱尋女士：恭喜妳成為A級體能者……」

文件很長，來自基地的中央智腦，要求她約見心理醫生，完成心理評估；要求她約見律師，訂立遺囑；要求她簽署死亡免責書，以防異變發生後，她的親人追究殺死她的人的法律責任……

文件的最後要求她出席基地一年一度為新晉級的A級體能者舉辦的慶賀典禮，時間是三天後，地點在基地的英烈堂。

當年，封林幫她辦理駱尋的假身分時，為了不引人注意，資料裡填寫的是「攜帶異種基因」。肯定因為最近她的體能資訊更新為A級後，智腦判定她有異變危險，自動發送了這封信件給她。

洛倫想起封林說過的話：在其他星國，戰士們成為A級體能者後收到的是親朋好友的恭賀，但在奧丁聯邦，首先收到的是死亡通知書。

洛倫不是異種，不可能異變，沒必要按照要求去做，只需轉告安娜一聲，她自然會處理妥當。

洛倫正要刪除信件時，突然想到，千旭也收過這樣的文件。

她只需輕輕點擊一下刪除，就能清除掉麻煩，但所有像千旭一樣的異種，收到這份文件時，卻沒辦法這麼輕鬆。

＊　＊　＊

阿麗卡塔軍事基地的英烈堂是一座獨立的大樓，建築風格古典華麗，和基地內其他建築物簡潔實用的風格很不一樣。

整棟大樓由一塊塊特殊的金屬磚壘成，每塊金屬磚上鐫刻著一個人名，是幾百年來為聯邦犧牲的烈士的名字，所以被叫做英烈堂。

洛倫到時，寬敞遼闊的大廳裡已經有很多人，都穿著筆挺的軍服，三三兩兩沿著牆壁走，瀏覽著上面一個個英烈的名字。

因為只有前面的磚塊有名字，後面的磚塊還空白著，人群大多匯聚大廳前面，後面的人不多。智腦分配給洛倫的位置恰好在後面，她找到位置，安靜地坐下。

典禮快要開始，士兵們陸陸續續回到自己的位置坐下。

整個大廳裡都是肅穆的綠軍裝，只有她一個穿著白色的研究員制服，又是年輕美麗的女性，周圍的軍人難掩好奇地打量洛倫。

「嗨！妳不好好做研究，把體能鍛鍊這麼好做什麼？難道要轉職？」

「看上去心情不好哦，後悔把體能鍛鍊到A級了？」

「我是北晨號上的特種戰鬥兵，典禮結束後我們有個小聚會，有興趣一起喝一杯嗎？」

「我們南昭號上的特種戰鬥兵，帥哥多、身材好、會跳舞，晚上跟我們去跳舞吧！」

……

一群大兵閒著也是閒著，遇到漂亮姑娘，忍不住嘴花花地逗弄調笑，洛倫想到千旭也曾坐在這裡，心中溫柔地牽動。

她忍不住問：「你們怕嗎？」

「異變？和妳一樣，當然怕了！」

「聯邦需要保護，工作總要有人做，不是我就是別人！」

「喂喂！別裝得這麼大義凜然！你明明是看上特種戰鬥兵的薪水高、福利好吧！」

「你呢？還不是特種戰鬥兵最受女人歡迎！方便你這個千人斬泡……」

他的嘴巴被隊友捂住，大家對洛倫咧著嘴笑，一臉純潔，「晚上一起去玩嗎？」

洛倫說：「我已婚。」

「真的？」

「真的！」

大家看洛倫不是開玩笑，迅速不再裝模作樣，做出「痛心疾首、惋惜遺憾」的嫌棄樣。

「天哪！現在居然還有人願意這麼早結婚！」

「她放棄了整個森林！」

「可憐的已婚女人！」

……

洛倫微笑著說：「我的兩個助理是女性，單身，她們還有很多年齡相近的單身朋友。」

一群大兵迅速轉換表情，衝著洛倫熱情的笑。

一個軍銜看起來較高的男子試探地問：「夫人，聽說阿麗卡塔生命研究院中只有中級研究員才能有兩個助理？」

「我是高級研究員。」

大家熱情的笑容立即全變成了驚歎；能成為A級體能者的士兵都是最優秀的戰士，算是同齡人中的佼佼者，能讓他們驚歎的人不多。

「我還是基因修復師。」

大家迅速坐得筆直，看洛倫的目光完全變了，透著隱隱的敬意。

「夫人，您先生拯救過宇宙吧？」

「全體都有，起立！」雄渾嘹亮的聲音突然響起。

所有人立即站起，動作整齊劃一，洛倫趕忙也跟著站起來，但已經慢了一拍，顯得格格不入。

辰砂和執政官並肩從大廳中間走過，辰砂穿著軍服，執政官難得地也穿著一身軍服，只不過是一身野外作戰服，戴著頭盔，全身上下依舊遮得嚴嚴實實。

所有人齊刷刷抬手、敬禮，動作整齊劃一，洛倫下意識地跟著大家一起做，但又立即想起自己不是軍人，趕忙縮回手、靜站著。

「敬禮！」

她的動作越發凸顯她的格格不入，執政官的目光從她身上一掠而過，辰砂略微頓了一下腳步，似乎想說什麼，卻又忍住了。

執政官和辰砂走到前面的主席臺，轉身面朝所有軍人回禮。

「禮畢，坐下！」

隨著口令，所有人齊刷刷坐下，洛倫沒有經過訓練，又慢了一拍，等所有人都坐下後，她才急忙坐下。

大廳的燈光暗下來，開始播放異變的記錄片。

有人在戰艦上突然異變，瘋狂地攻擊戰友。

有人在執行任務時異變，導致全隊死亡。

有人在深夜突然異變，導致熟睡的戰友重傷。

有人在公眾場合突然異變，將無辜的普通人咬死……

一個影片接著一個影片，不是重傷就是死亡，充斥著血腥殘酷。因為是立體影像，一切栩栩如生，每個人都覺得那被撕咬的人就在自己身旁。

紀錄片播完，大廳的燈光亮起。

英烈堂內，沒有了之前的輕鬆氣氛，死亡的陰影無處不在，重重地壓在每個人身上。

他們晉級成功後，都已經聽上司詳細講解過突發性異變，甚至見過心理醫生，以為自己已經做好準備，但直到這一刻，親眼看到這些機密影片，他們才身臨其境，真實感受到異變的殘酷絕望。

辰砂站起，目光掃過所有士兵。

「很抱歉，異種的A級體能慶典不是在宴會廳舉行，而是在英烈堂裡舉行。影片裡記錄的事很可能發生在你們身上，或者你們的戰友身上。這就是你們未來的人生，每一天都活在異變的死亡陰影中。你們可以找個沒人的地方痛哭，可以尋求心理醫生的幫助，可以藉由性交和藥品放縱發洩，但最終，你們必須自己站起來，往前走。因為你們是戰士，奧丁聯邦最優秀的戰士！奧丁聯邦需要你們！」

辰砂鏗鏘有力的聲音響徹每個人的耳畔。

英烈堂內，依舊籠罩著死亡的陰影，但每個人的背脊都挺得更加筆直。正如辰砂所說，他們都是千錘百煉出的優秀戰士。死亡讓他們恐懼，卻不能令他們退縮！

辰砂講完話，執政官說：「自由交流時間，可以提問。」

一個士兵舉起手，執政官示意他問。

士兵站起，對辰砂敬禮，「指揮官，您是3A級體能，異變機率遠遠大於我們，您害怕嗎？」

「害怕。」

「您最害怕什麼？」

辰砂沉默了一會兒，說：「如你們所知，我已婚，我妻子的體能比我差。」

眾人輕聲笑。全聯邦除了執政官，所有人都比指揮官體能差。

「我曾經夢到我把她咬死吃了。」

眾人的笑聲戛然而止。

無言的沉默中，士兵肅容敬了個軍禮後坐下，「謝謝指揮官。」

一個女兵舉手提問。

「指揮官，您的夫人知道這件事嗎？她身為純基因的人類，怎麼看異種會異變的事？」

「她知道。」辰砂的視線落在洛倫身上，「她完全接受異種。」

「她不害怕嗎？」

「……」

所有人都在等待答案，辰砂卻遲遲沒有回答。

寂靜中，洛倫突然站起來說：「我很害怕。」

所有軍人齊刷刷轉頭，看向洛倫。

洛倫對周圍滿臉震驚、瞪著她的士兵促狹地眨眨眼睛，早說了我已婚。

她對提問的女兵說，「我是英仙洛倫，指揮官的夫人。妳的問題關於我，由我來回答。我不但害怕，還非常憎恨突發性異變。」

眾人譁然、表情各異。

「那……妳還敢坐在這裡？」英烈堂裡坐的上千人，可是都會異變的異種。

「我剛到阿麗卡塔不久時，一個和你們一樣的人告訴我，勇敢不是不害怕，而是明明害怕，仍然心藏慈悲、手握利劍，迎難而上。當年，我並不完全理解他說的話，現在我明白了，因為我和你們一樣，會有寧願害怕也不願割捨的東西，所以我會一邊害怕，一邊勇敢。」

女兵似有所悟，愣愣地想著什麼。

一個男兵站起，尖銳地問：「妳剛才說不只是害怕異變，還非常憎恨異變？」顯然他把異變和異種混為一談了。

「對！我非常憎恨它！」洛倫迎著他譏嘲的目光說：「我已經決定以打敗它、消滅它為終身目標！」

男兵愣了愣，下意識地反駁：「您說什麼？怎麼可能？」

「突發性異變是基因病，我是基因修復師，我要研究出治癒異變的方法，怎麼不可能？」

問話的男兵沒有了敵意，不想打擊地說不可能，可也沒有辦法虛偽地說可能，只好沉默。

執政官說：「沒有問題就坐下。」

女兵和男兵對執政官和指揮官敬禮，然後坐下。

洛倫站著不動，「我有問題問執政官閣下。」

執政官抬手，示意請問。

「為什麼一定要殺死異變後的異變者？」

「迄今為止的研究顯示，十五分鐘後，異變者會完全喪失神智，成為瘋狂的野獸，不可能再變回人。」

「您也說了，是迄今為止的研究。萬一他們有機會變回人呢？」

「證明這個萬一！在無法證明前，讓異變者有尊嚴的死去，是聯邦對他們最後的尊重。」

「最後的尊重？你怎麼知道他們不想活下去？最大的尊重難道不應該是尊重個人的意願嗎？」洛倫的聲音變得尖銳高亢，像是一把鋒利的矛，刺向執政官。

執政官看向臺下的所有軍人，「異變後，你們是想死亡，還是想成為沒有神智的瘋狂野獸，繼續活下去？」

「死亡！」英烈堂裡響起雄壯的喊聲，眾口一詞、毫不遲疑。

洛倫呆看著周圍堅毅果決的面容。

他們都是聯邦最優秀的戰士，寧願死亡，也不願變成瘋狂的吃人野獸繼續活下去。

這也是千旭的選擇嗎？

洛倫艱澀地問：「如果能證明，即使過了十五分鐘的黃金期，仍然有可能恢復神智，你們願意以野獸的樣子活下去嗎？」

鴉雀無聲。

剛才提問的女兵突然說：「我願意！我的男友是普通人，身體不太好，只要有可能回到他身邊，我願意嘗試一切可能。」

「謝謝！」洛倫轉頭，盯著執政官，「我會努力證明萬一！」

一片肅穆的深綠色軍裝中，她是唯一輕盈的白，不僅執政官和指揮官看著她，所有士兵也都看著她。

洛倫眼中隱隱含淚，對大廳內的所有軍人說：「我和我的同事會努力，尋找到那萬分之一的機會。到時候，請你們也努力，不要輕易放棄自己，即使變成沒有神智的瘋狂野獸，也不要隨便同意別人殺死你。死亡很簡單，生命沒了，痛苦也隨之消失，但真正持續痛下去的，卻是那些活著的、永遠只能思念你們的人！英烈堂裡的名字，不僅僅刻在磚塊上，還鮮血淋漓地刻在思念他們的人心上，成為永遠的痛！」

她的千旭已經回不來了，但她希望這些年輕的士兵，即使將來不幸異變，仍有機會回到他們的親人、愛人和朋友身邊。

✷ ✷ ✷

千旭的宿舍大樓前。

洛倫看到窗臺上擺放著幾盆鮮花，花朵開得繽紛絢爛；窗戶上掛著粉白色的紗簾，隨著微風輕輕飄蕩。

顯然，千旭曾經住過的房間已經迎來新的主人，他生活過的痕跡被清掃得一乾二淨。

洛倫悲傷茫然地離開。

✷ ✷ ✷

十一年的時間，她做到了看似不可能完成的事，但是，她失去了那個陪伴、鼓勵她完成這些事的人。

飛馳的星際列車上。

洛倫盯著對面空蕩蕩的座位發呆。

千旭沒什麼錢，洛倫帳戶裡有錢，但不屬於她。兩個人出行，都是坐便宜實惠的星際列車。有時行李多了，的確不方便，那時洛倫最大的願望就是等拿到基因修復師執照，賺了錢買艘二手的私人飛船。

她拿出基因修復師執照，慢慢攤開，第一次仔細觀看。

基因修復師的名字，是「英仙洛倫」，不是「駱尋」。

努力十一年的人是駱尋，可駱尋依舊不存在，被認可的是英仙洛倫。

駱尋因千旭而生，又好像隨著他的離開消失了。

眼淚一滴滴落在紙上。

星際列車的智腦廣播：「前方到站阿麗卡塔孤兒院。」

洛倫擦去眼淚，把意味著財富、地位、權利的執照，隨意捲起、塞進包包裡，下了車。

✷ ✷ ✷

到了孤兒院大門口，洛倫才發現因為半軍事化管理，孤兒院不允許隨意進入，必須實名登記、支付不菲的費用後，在導覽義工的帶領下，乘坐遊覽車參觀。

洛倫用駱尋的身分來登記，並在一名年輕義工的陪同下，參觀孤兒院。

看著車窗外的景色，洛倫發現雖然將近十一年沒來，但時間在這裡好像凝滯一般，不管是景致，還是人，都沒有絲毫變化。

一群群的孩子在各處嬉戲玩耍，笑鬧聲不停地傳進耳裡，可那個陪著孩子們玩戰艦遊戲的男子卻永遠不見了。

導覽的義工是個年輕女子，還在讀大學，個性活潑外向，一路上說個不停，「小姐，妳怎麼會來孤兒院參觀呢？」

「我有個朋友在這裡生活過。」

「難怪！他怎麼沒有陪您一起來？」

「他已經去世了。」

導覽員不安地說：「抱歉，我多嘴了。」

「沒關係。」

「您知道他住哪棟宿舍嗎？我可以帶您去他住過的宿舍看看。」

洛倫一愣，苦澀地說：「不知道。」

導覽員熱情地說：「沒關係，很多來尋訪親人蹤跡的訪客也不知道他們的親人住過的宿舍。妳朋友叫什麼名字？我可以幫妳查一下他曾經住過的宿舍。」

「千旭。」

導覽員打開個人終端機，登錄孤兒院的網站，查詢千旭的住宿資料。

半晌後，她對洛倫抱歉地說：「不知道怎麼回事，沒有查到妳朋友的住宿資訊。妳肯定他叫這個名字嗎？」

「非常肯定。」

導覽員又幫洛倫搜索了一遍，結果依舊顯示「查無此人」。

洛倫本來只是相思難解，一時興起想回千旭生活過的地方看看，完全沒想到會碰到這樣的事，就好像千旭活過的痕跡被全部抹除一般。

導覽員見她臉色難看，忙寬慰說：「妳別著急，也許資料有遺漏，也許妳的朋友離開孤兒院後改了名字，以前也碰過這樣的事。這樣吧，我去找孤兒院管理宿舍的老師，請她再幫妳仔細查一下。」

洛倫感激地留下自己的聯絡號碼，拜託她有消息後，立即通知她。

Chapter 17

久別重逢

洛倫渾身發冷，想要推開他，
卻像是被噩夢魘住，身體僵硬，動也動不了。

第二天，洛倫收到導覽員發來的訊息說，孤兒院管理宿舍的老師也沒有查到千旭的資料，要麼是洛倫記錯了孤兒院，要麼就是千旭改過名字。

洛倫仔細回憶過往，當初她在孤兒院遇見千旭時，他的確說過自己在孤兒院長大。

如果孤兒院的宿舍檔案資料裡沒有千旭，那很有可能千旭以前的名字不叫千旭。

千旭是軍人，想要查詢他的個人資料並不容易，洛倫想來想去，只能發訊息給封林，拜託她幫忙查詢一下千旭以前用過的名字。

封林遲遲沒有回覆，看來她還在和棕離僵持，賴在監獄裡不肯出來。

＊ ＊ ＊

洛倫衝進書房，找到大熊，問：「千旭以前的名字叫什麼？」

大熊圓滾滾的眼睛轉成一圈圈的蚊香，半晌才憋出一句：「主人。」

洛倫罵：「笨蛋！大笨蛋！最愚蠢的大笨蛋……」

她悲傷沮喪地抱住大熊，用額頭一下下磕著大熊的圓腦袋，「我真的是一個又愚蠢又沒用的大笨蛋！為什麼當年只顧著自己，沒能多關心一點千旭？」

大熊安靜地站著。

洛倫也沒指望它回答，只是借著它，向它的主人傾訴愧疚和思念。

一聲輕微的「啪嗒」聲傳來，洛倫立即直起身，「誰？」

「是我。」辰砂從書房一側、高高的書架後走出來，看上去有點尷尬。

洛倫比他更尷尬，「我、我不知道你在。」

「我幫執政官找一點東西。」

洛倫下意識地看向書架後，透出一個隱隱約約的人影。

「不打擾你們，我出去了。」洛倫立即想走。

「洛倫。」辰砂的目光十分溫和，甚至難得地帶著一點喜悅期盼，「告訴妳一個好消息。」

「什麼？」

「今天晚上慶賀妳成為基因修復師的晚宴，有兩位特殊的客人要來。」

「誰？」

「妳的九姊和十七哥。沒有提前告訴妳，只是想給妳一個驚喜。」

洛倫呆若木雞，九姊、十七哥？誰的九姊、十七哥？哦！洛倫公主的九姊、十七哥！可是，她不是洛倫公主啊！

「洛倫，」辰砂看她臉色不對，「妳不高興見到他們？」

「啊！怎麼會呢？我當然很高興了，非常高興！我要好好準備、歡迎他們。」洛倫一邊用力笑，一邊急速走。

她現在只想找個地方躲起來，好好思索一下該怎麼辦，卻一頭撞在執政官身上。

執政官一手拿著一本古色古香的紙質筆記本，一手穩穩地扶住她。洛倫滿臉困惑，不明白為什麼執政官要擋住她的路。

「門在這邊。」辰砂一手牽住她的手，一手指向相反的方向。

執政官立即放開洛倫，後退了一大步。

洛倫笑著拍一下額頭，「十一年沒有見到他們，太激動了，有些高興傻了。」

她急急忙忙地朝門外跑去，就像是一個久別離家、迫不及待想見到親人的小姑娘。

✷　✷　✷

洛倫衝進臥室，鎖上門。

來來回回地走著，腦子裡亂哄哄一片。

肯定會露餡，肯定會！

十多年沒有見面的親人，就算以前不親近，久別重逢也總要說說話、敘敘舊，無可避免地會聊到前塵舊事。

她卻連九姊、十七哥的名字都不知道。

好像背過的，但是當年只有一個月的時間。她大部分精力都放在洛倫公主身上了，最關心的是如何在奧丁聯邦活下去，對阿爾帝國枝蔓糾纏的一堆親戚壓根沒有留意。

十一年過去，她已經把那點背過的東西全部還給了穆醫生。不管「姊姊、哥哥」說什麼，她都會一無所知，沒有辦法接話。

洛倫越想越灰心，越想越絕望。

看上去自己擁有很多，可實際上她依舊是十一年前那個一無所有的姑娘，沒有親人求助，沒有朋友商量。

什麼都沒有！

如果千旭還在，他肯定會幫她想辦法、出主意！

洛倫難過地坐在地上，抱住頭。千旭在的話，根本不會是現在的情形，他們應該早已逃走了。

洛倫突然站起來。現在逃走還來得及嗎？

不管來不來得及，逃走都是唯一的出路。

她迅速地拿出背包，收拾東西。

不能引人注目，自然不能帶太多，只能把必須要帶的東西帶上：千旭的音樂匣子、防身的武器、藥劑包……

收拾好一切，洛倫發訊息給辰砂：「我出去一趟，買點東西。」

「去哪裡?」

「九姊和十七哥要來,沒有合適的衣服,我去商場看看。」

「好。」

洛倫背起包包,大大方方地開始了她的逃亡之旅。

＊　＊　＊

洛倫邊走邊盤算。

正大光明地坐飛車去商場,到商場後,先買一些東西,付高價要求立即運送到其他星球。悄悄把能鎖定她位置的個人終端機摘下,塞進貨物裡,讓紫宴、棕離他們跟著訊號去外星球找她吧!

她知道暗中肯定有保鏢跟隨,否則辰砂不會同意她一個人出門。不過,商場人來人往,流量大,出口四通八達,在合適的位置、合適的時機製造一點混亂,就能趁機甩掉他們。

她的背包裡有各種藥物,隨時能改頭換面,把自己偽裝成基因自然變異的異種,混進距離商場不遠的流鶯街。

那裡魚龍混雜,來歷不明的女人很多,多一個病弱的女異種,絕不會引起注目。

等到搜尋她的風聲過了,再想辦法離開阿麗卡塔。

洛倫坐上飛車,確定沒有什麼遺漏後,下令智腦去商場。

飛車升空,疾馳向前。

洛倫趴在車窗上，怔怔地看著下面漸漸遠去的斯拜達宮，莫名地竟然有一點心痛不捨。一聲微不可聞的歎息傳來。

洛倫愣了愣，才反應過來不是她在歎息。

車上有人?!

她心裡直冒寒氣，全身僵硬，竟然都不敢回頭去看。

「公主，是我。」

似乎感受到了她的害怕，坐在飛車後座的執政官立即表明身分。

洛倫扭過頭，震驚地問：「你……你怎麼在車上？」

「商場人多，不安全，我護送妳去。」

「辰砂呢？」

「我正好有空。」

洛倫驚疑不定，不知道他是真有空，還是察覺到什麼。

執政官的面具臉上沒有任何異狀，低頭看著虛擬螢幕，隨意地聊天，「妳應該和妳十七哥感情不錯吧？」

「和你無關。」洛倫看向車窗外，用冷漠掩飾自己的一無所知。

執政官說：「要見妳的家人，辰砂有點緊張，他希望能讓妳高興一點。」

洛倫打定主意不吭聲。從任人欺凌的奴隸到萬人之上的執政官，這種「人間極品」的手段心機都不是她能應付的，與其說得越多，錯得越多，不如沉默到底。

到了商場。

洛倫糾結地想：怎麼辦？逃還是不逃？逃的話，面對著不知深淺的執政官，實在沒把握能逃走；不逃的話，晚上肯定會露餡。

似乎不管怎麼選，都是死路一條。

機器人銷售員把當季最流行的衣裙一件件拿出來給她看，洛倫裝模作樣地看來看去，其實完全沒記住這些衣裙長什麼樣。

「這件留下。」一直默默坐在一旁的執政官突然說。

洛倫仔細看了一眼，是她喜歡的款式，不過，她討厭挑中它的人。她回頭朝執政官燦爛地一笑，對機器人銷售員說：「醜死了！不要！」

最後，洛倫胡亂挑了一件長洋裝，要機器人幫她包起來。

眼看時間一分分流逝，洛倫卻無計可施，執政官一直寸步不離地跟在她身旁，連她去廁所，他都會等在外面。

為了拖延時間，洛倫藉口渴了，去飲料店喝飲料。

她買了兩杯飲料，琢磨著在執政官的飲料裡下點藥，把他放倒。

轉念間又想到人家是3A級體能，還是個基因變異的異種，都不知道他現在的基因究竟是什麼樣，更不知道什麼藥才對他管用，難道要把所有的藥都放進去？

一抬頭，洛倫看到他的面具臉，只能在心裡默默流著淚，放棄了放倒他的念頭。

執政官禮貌地說：「抱歉，我不方便在公眾場合喝飲料。」

洛倫翻了個白眼，「我會請你喝飲料？閣下真的想太多了！」

「妳買了兩杯。」

「都是我自己要喝的。」

執政官看著兩個超級大杯，聲音中隱有笑意，「妳喝得完嗎？」

當時腦子短路，竟然為了下藥方便，選了最大杯。洛倫盯著自己手裡的兩個超大杯，面不改色地說：「當然！」說完就想掀桌子，把飲料潑到執政官臉上去。其實她根本不渴，而且還很討厭冰冰涼涼的冷飲！

洛倫捧著大杯子，嘴裡含著吸管，東張西望。

腦子裡的念頭一個接一個，但每個念頭還沒成型就被她自己拍死了，不行、都不行！

如果現在對面坐的是紫宴或辰砂，她都有辦法。但是面對執政官，她覺得這個活死人完全沒有弱點，一直以來，他面目模糊，可又存在感強大。

洛倫鬱悶地瞪著執政官，發現他毫不避諱地盯著她，專注得好像他一不留神她就會消失不見。

洛倫心裡咯噔一跳，他是不是察覺到什麼異樣了？

正疑神疑鬼時，旁邊傳來杯子掉到地上的聲音，洛倫循聲看去，一個人正在大聲責備機器人，地上灑著一灘飲料。

那種機器人是最常見的清潔機器人，只會按照預先設定的程式工作，並不能和人類語言交流。

那個人嘰裡呱啦說了一大堆，機器人只是傻呼呼地站著。

洛倫看著他們發呆。

她不能就這麼一走了之！

驚慌中，她只想到自己，忘記了清越和清初還在奧丁。如果她逃走，她們怎麼辦？阿爾帝國連自己的公主都能交易，又怎麼會維護兩個已經送出去的侍女？

洛倫猛地放下杯子，站起來朝店外走去。

七拐八繞，一直走到停車坪，她站定，回身看著執政官，「閣下打算跟我跟到什麼時候？」

「送妳回到辰砂身邊為止。」

洛倫覺得肚子痛，也不知道是氣的，還是冷飲喝多了。

＊　＊　＊

飛車緩緩行駛到他們面前。

洛倫剛要上車，卻突然腳下一軟，向地上摔去。如她所料，在腦袋親吻地面前，執政官抱住了她，3A級體能的正常反應。

「公主？」

洛倫痛苦地皺眉，一手捂著肚子，一手指指掉在地上的包包，「藥。」

執政官急忙打開包包，第一眼看到的是一個黑匣子音樂播放器。

「在……裡面。」洛倫已經痛得氣若游絲。

執政官探手進去，把藥劑包拿出來。

洛倫手哆哆嗦嗦地從一排又一排壓根沒有任何標籤的藥瓶中，拿出兩個小藥瓶。

她張開嘴就想往嘴裡倒。

執政官握住她的手腕。

洛倫簡直要氣瘋了。不能對你下藥，我對自己下藥也不行嗎？她睜著一雙被氣得淚光閃閃的眼睛，可憐兮兮地看著執政官，痛苦地呻吟：「冷飲喝多了……肚子很痛。」

執政官放開手。

洛倫吃了藥，靠著執政官的攙扶，病怏怏地坐進車裡，裝出痛苦漸漸緩解的樣子。

執政官一言不發，安靜地陪著她。

洛倫不敢去觀察他，但感覺執政官好像真的在擔憂，演技應該騙過他了吧！

「好一點了嗎？」執政官問。

洛倫有氣無力的「嗯」了一聲，雖然很想嚇嚇他，但真把他嚇到送她去醫院就不好了。

洛倫這會兒真覺得肚子痛了，下意識地按著肚子。

執政官問：「要去醫院看醫生嗎？」

洛倫嘟囔：「我自己就是醫生。」

「還痛嗎？」

「和你無關！」

洛倫扭頭看向窗外，表示沒興趣和他說話。

＊　＊　＊

回到家裡時，已經來了不少客人。

洛倫急急忙忙地找辰砂，看到他衣冠楚楚，正在和楚墨說話。

她連忙衝過去，討好地拽拽辰砂的袖子，又討好地拽拽楚墨的袖子，示意他們跟她走。

三個人到了樓上，關好門後，辰砂問：「怎麼了？」

洛倫指指自己的喉嚨，一筆一劃地在虛擬螢幕上寫字：「我不能說話了。」

「楚墨！」辰砂立即把洛倫拽到楚墨面前。

洛倫配合地張嘴，「啊——」

楚墨檢查完，眉頭蹙在一起，「有人對妳下毒？怎麼回事？」

洛倫很羞愧的樣子，「我吃錯藥了。肚子痛，本來是想吃點止痛藥和調理身體的藥，結果拿錯。」

楚墨目瞪口呆。這種事也會發生？他能把那張基因修復師的執照收回來嗎？

洛倫把自己的藥劑包拿給楚墨看，一共五層，每層都是排列整齊、一模一樣的小藥瓶，而且每個藥瓶上都沒有標注。

洛倫點點兩個藥瓶，示意自己就是拿錯了這兩瓶藥。

楚墨簡直一頭冷汗，「妳為什麼不幫藥瓶貼上標籤？」

「我故意的，這樣壞人就動不了我的藥劑包。」

難怪會毒到自己。楚墨假笑著說：「真是個不錯的主意！妳自己也動不了了！」

洛倫拍拍胸脯，寫：「我絕對沒問題。今天是肚子很痛，視線有點花，執政官又在旁邊，弄得我很緊張。」有老狐狸為她背書整件事，這群小狐狸應該不會起疑。

楚墨終於理解了古人說的「天才和瘋子只一線之隔」。

辰砂關切地問：「洛倫的喉嚨……」

楚墨說：「沒事。公主已經替自己解毒了，現在只是毒藥的副作用，兩三天不能說話而已。」

洛倫寫：「別告訴我九姊、十七哥，就說我喉嚨病毒感染發炎了。」

楚墨冷嘲：「在慶賀妳成為基因修復師的宴會上說妳被自己毒啞？這麼丟人的事我實在說不出口。」

洛倫乾笑。

楚墨看辰砂神色不悅，識趣地主動離開。

洛倫寫：「我要換衣服。」暗示辰砂也出去。

辰砂看著她的藥劑包，「妳到底準備了多少毒藥？」

洛倫閃著眼睛裝傻。

「妳就這麼沒有安全感嗎？」辰砂的手指在一瓶瓶藥劑上滑過。

洛倫心虛地笑。藏著祕密的死刑犯，天天面對著被自己欺騙的人，的確不容易有安全感。

「這些年和我生活在一個屋簷下，面對一個隨時隨地有可能異變的怪物，妳沒有精神失常已經不容易了。」辰砂滿臉自嘲，大步朝門外走去。

「不是！」洛倫脫口而出，卻沒有發出任何聲音。

她伸手想抓住辰砂，辰砂已經拉門而出。

歡聲笑語從樓下傳來，洛倫忽然覺得有些事是註定的，解釋不解釋最終都沒有任何意義。

她收回手，門緩緩合攏，將兩個人隔在了兩個世界。

＊　＊　＊

洛倫換上新買的衣服、梳好頭髮，安慰鏡裡焦灼的自己：鎮靜！妳已經變成了啞巴，不能交談，一定能平安熬過今晚！

她扯扯嘴角，露出微笑，一邊回憶著穆醫生教她的公主儀態，一邊向樓下走去。

花園裡鮮花怒放、美酒飄香，清越和清初把一切安排得很妥當。

賓客陸陸續續走來向她道喜，洛倫一邊咧著嘴笑，一邊用目光在人群裡搜索辰砂。身為一個啞巴，她身邊迫切需要一個能幫她說話的人，毫無疑問唯有辰砂。

看到了楚墨，卻沒有看到辰砂，她無聲地求救：「辰砂？」

楚墨一邊和紫宴說話，一邊笑著指指客廳。

洛倫立刻朝客廳走去，四處找了一圈，才在擺放著鋼琴的角落裡看到辰砂。

他歪靠在椅子上喝悶酒，襯衣的領口解開了，領帶鬆垮垮地掛在脖子上，衣袖捲到手肘上，簡直像是剛和人打了一架。

洛倫走過去，蹲在他膝蓋旁，仰頭看他。

辰砂孩子氣地把頭轉向另一邊，洛倫歪著身子，探頭過去瞅他，他又把頭扭到了另一邊。

洛倫忍不住想笑。他這是在鬧罷工嗎？好像一隻炸毛的貓啊！看來要把他的毛捋順了才高興開工呢！

洛倫安靜了一會兒，以A級體能的速度猛地探頭看他，他速度更快地把頭扭到另一邊，沒想到正中洛倫下懷，虛擬螢幕就在眼前，幾個金光閃閃的大字簡直亮瞎人眼，想要裝看不見都不可能。

「不要喝醉！」

洛倫笑得蹲都蹲不穩，軟坐在地上，發不出聲音，埋著頭，肩膀不停地顫。

辰砂老臉發紅，為了掩飾自己的幼稚，聲音越發冷淡，「不會耽誤正事。我就算想喝醉，也絕不可能醉。」

洛倫困惑地眨巴著眼睛。

「到了3A級體能，沒有飲料能讓我們醉，也沒有麻醉藥能讓我們昏迷。」

洛倫愣住。

她沒辦法想像一個永遠清醒的世界。不管多麼堅強的人，總會有一瞬的軟弱、一時的難以入眠，想要酩酊大醉一場，可他們永遠沒辦法麻醉自己，甚至連麻醉藥都不能讓他們昏迷。

即使受傷躺在手術檯上，也會清醒地感受到每一絲痛苦。也許他們的體質已經強大到絲毫不在乎那點疼痛了，但是這真的不是一種強大，而是一種悲哀。

洛倫的手放在辰砂的膝蓋上，靜靜地看著他。

身為一個一直被人仰視的強大存在，辰砂第一次看到有人用這麼柔軟的目光看他。

她沒有絲毫儀態地坐在地上，穿著一件完全不適合她的長洋裝，像是一隻毛髮蓬亂、臥在他腳邊的小動物，卻令他心旌神搖。

潔白的紗簾在輕輕飄蕩，悠揚的小提琴聲從花園裡傳來，晚風中滿是清甜的香氣。

辰砂口乾舌燥，盯著洛倫的唇，忍不住身子慢慢向前傾。他一手扶在洛倫的腦袋上，一手搭在椅子的扶手上，端著的酒杯漸漸歪斜，紅色的酒液一滴滴落在地毯上。

「公主，來了，他們來了！」清越咋咋呼呼的聲音響起。

辰砂以3A級體能的快速反應，行雲流水般地把前傾變成站起，一手抬起，把杯子裡剩下的酒一口飲盡，一手在洛倫頭上拍了拍，像是安撫一隻寵物。

「走吧，一起去歡迎妳的姊姊、哥哥。」

洛倫目瞪口呆。明明是她來捋順他的毛吧！怎麼反變成辰砂來捋順她的毛了？不過，她現在腎上腺素的分泌在激增，的確需要一點安撫。

洛倫追上辰砂，主動挽住他的手，走沒幾步，突然停住，指指他的衣服。

辰砂立即反應過來，整理衣衫，扣上扣子。

洛倫聽到外面的說話聲越來越近，主動伸手幫他打領帶。

辰砂站得筆挺，靜靜地看著洛倫。

可是，等了一會兒，發現洛倫臉色發紅，又羞又急的樣子。他一低頭，看到自己的領帶被她繫得其醜無比，像鼓起的小籠包。

洛倫咬著牙，用力拽了拽，也沒有把它拽得更平整好看。

她不好意思地看著辰砂，往後退了幾步，示意他還是自己來吧！嗚嗚……真是典型的豬隊友，幫忙卻幫倒忙！

辰砂想到洛倫肯定是第一次幫男人繫領帶，忽地就笑了，無聲無息，可眼睛微瞇、唇角上挑，絕對就是一個笑容。

相識十一載，第一次看到辰砂笑，洛倫大驚失色。如果她能發出聲音，肯定已經失聲尖叫了。

辰砂含著笑把領帶解開。

像是要讓洛倫觀摩學習，他有意地放慢動作。

白皙修長的手指在黑色的領帶間翻來繞去，3A級的體能掌控著每個指節心隨意至，一翻一繞都賞心悅目、誘人關注，甚至連指尖輕捋過領帶的動作都是不可思議的美感。

洛倫咬著唇，瞪著辰砂。赤裸裸的羞辱！絕對是赤裸裸的羞辱！

執政官領著客人走進客廳，看到洛倫和辰砂隔著幾步的距離相對而立，似遠又似近，四周縈繞著親暱的曖昧氣息。

他猛地停住腳步，身後跟隨的人也急忙站住。

辰砂斂去笑意，長腿一邁，站在洛倫身旁。

洛倫微笑著轉過身，看到執政官身邊站著一個端莊秀麗的女子，頭上戴著璀璨的公主冠。她關切地問：「聽說妳喉嚨發炎不能說話？」

洛倫笑著點頭。

「會很痛嗎？吃過藥了嗎？」

兩姊妹一個關心的詢問，一個溫順的點頭、搖頭，顯得很親切融洽。洛倫覺得真該幫自己按一萬個讚，果然做了啞巴萬事大吉。

執政官對辰砂介紹：「邵菡公主。」

「歡迎！」

辰砂雖然臉上沒什麼表情，卻禮貌地握手問好，禮節一點也沒落下。

洛倫突然覺得心靈受到一萬點暴擊的傷害：當年你們都是怎麼對我的？

嘻嘻哈哈的笑聲傳來。隔著落地大窗看去，一個身材高大的男子正在和兩個美麗的女賓客調情。奧丁聯邦的女人在男女情事上向來豪放，碰到放蕩不羈的浪子，簡直乾柴烈火、一拍即合。

邵菡公主滿臉無奈，對執政官和辰砂抱歉地說：「葉玠一直都是這樣，走到哪裡都沒個正經。」她提高聲音，警告地叫：「葉玠！」

男子笑著回身。

洛倫如遭雷擊。

他一步步走過來，洛倫竟然忍不住想要一步步後退。

他眉梢眼角猶有春色，舉止輕浮，活脫脫就是一個空有一副好皮相，卻縱情聲色的荒唐王子。

但是，洛倫親眼見過他截然不同的另一幅模樣，很清楚他的精明強勢、冷酷無情。

他像是一個久別重逢的哥哥般熱情地抱住洛倫，在她耳邊說：「我們又再次見面了！一別十一年，妳都不知道我有多想妳！」

洛倫渾身發冷，想要推開他，卻像是被噩夢魘住，身體僵硬，動也動不了。

幸虧執政官幫她解了圍，「殿下，這位是奧丁聯邦的指揮官辰砂。」

葉玠只能放開洛倫。他毫不避諱地上下打量辰砂，笑嘻嘻地說：「我們可一直好奇洛倫嫁給什麼樣的男人。」

「歡迎！」辰砂依舊是萬年寒冰臉，禮貌地握了一下手後就不再多言。

洛倫心神恍惚。

精明深情的穆醫生，鐵血強悍的龍頭，放浪形骸的葉玠王子……這個男人究竟有多少張面孔？

辰砂似乎察覺到她的異樣，握住了她的手。

洛倫的心漸漸沉靜下來。不管他是誰，對她而言只有一個身分——害死千旭的人！

Chapter 18 每個人都有祕密

那些生命裡經歷過的歡笑、悲傷，被貯藏在人類的大腦裡，明明沒有絲毫重量，渺小若塵埃，卻比滿天星辰更閃耀璀璨，能讓生命無比豐盈。

花園裡，衣香鬢影、觥籌交錯。

看著泰然自若、談笑風生的葉玠，洛倫心中冰浸火焚，真想跳起來指著葉玠大喊一句「他就是龍血兵團的龍頭」！

執政官和辰砂是3A級體能，紫宴、棕離、百里藍、楚墨他們是2A級體能，連墊底的她、封林、左丘白都是A級體能，就算葉玠他真是一條龍，也絕對有勝算可以把他滅掉。

但是，她竟然把自己毒啞了！毒啞了！真是一個傻到極點的主意！

她悄悄地在個人終端機上寫字。不能說，就寫出來吧，雖然慢一點、複雜一點。

葉玠突然把頭湊過來，「妹妹在寫什麼？」

洛倫看著他：你說我在寫什麼？

葉玠微笑：妳想讓所有人知道妳不是真公主，而是個死刑犯？

洛倫：魚死網破、同歸於盡！

葉玠：只會魚死、不會網破！

洛倫仔細思索，不得不承認，葉玠占優勢。

她說阿爾帝國的王子是龍血兵團的龍頭，證據呢？一段沒有臉的影片，但葉玠現在的說話聲根本不是龍頭說話的聲音！

就算她不惜魚死網破，可身為一個冒充公主的死刑犯，她的證詞毫無可信度。

葉玠話裡有話地說：「好好享受今晚，不要著急，我們還要在阿麗卡塔住幾天，等妳喉嚨好了，我們再好好聊，有的是時間。」

邵茄也勸慰她：「洛倫別著急，我們既然來了，哪能不好好陪妳幾天？」

好！不著急！假的真不了，真的也假不了！

＊　＊　＊

音樂聲中，陸陸續續有人開始跳舞。

葉玠迫不及待地離開了，湊到一個年輕的美女身邊大獻殷勤。

洛倫隱隱鬆了口氣，身旁盤踞著一條毒蛇的感覺真不好受。有了對比，她現在看棕離都覺得十分可愛。

洛倫本來還擔心要應付邵茄，沒想到紫宴和邵茄的座位相鄰，一直陪著她聊天。

紫宴姿容俊美、長袖善舞，各個星國的名人俗事都信手拈來、口角生香，惹得邵茄笑個不停，根本沒時間找洛倫說話。

洛倫放下心來，順手端起自己的酒杯。

封林坐到她身旁，用自己的酒杯和她的杯子碰了下，「妳就喝這種未成年人飲料嗎？」

洛倫想問她怎麼突然決定今天出獄了，棕離究竟有沒有跟她下跪道歉，但滿桌子人，不方便說話，只能笑著對她舉舉杯，表示歡迎她平安回來。

「雖然知道你遲早會拿到，但還是沒想到會這麼早……恭喜！」封林一口喝盡杯中酒。

「謝謝！」洛倫也乾掉了自己的酒。

封林對洛倫促狹地眨眨眼睛，「想知道棕離給我的賠償是什麼嗎？」

洛倫只能配合地點頭。

封林拿起叉子敲敲酒杯，桌上的人都停止了說話，看著她。

「為了慶祝洛倫成為基因修復師，我有一份禮物送給她！」封林笑睨棕離，帶了幾分挑釁。

棕離陰沉沉地盯了她一眼，狠狠扔下手中的餐巾，站起來，一副老子有什麼不敢的樣子。

他一邊脫外套，一邊氣勢洶洶地走向樂隊。

棕離素有惡名，這會兒表情又格外嚇人，樂隊的幾個演奏家以為哪裡出了問題，嚇得全停止了演奏。

正在翩翩起舞的賓客們沒了音樂，也都停下來，莫名其妙地看著棕離。

棕離站定在人群中央，把外套扔到一個估計是他下屬的人身上。

他解開襯衣的袖扣，一邊挽袖子，一邊目光陰沉沉地看著周圍的人群，所有人情不自禁地後退，中間立即空出一大圈。

都以為棕離是要出手教訓誰，沒想到他突然踮起腳尖、抬起手，擺了個像天鵝一樣的姿勢，然後一連幾個足尖旋轉，開始跳起獨舞。

洛倫驚得嘴巴都合不攏了。天哪！今天到底是什麼日子？辰砂笑，棕離跳舞。所有賓客也跟洛倫一樣驚駭不已。眼前這又蹦又跳的傻貨真的是他們那陰沉冷酷、刁鑽毒辣的治安部部長嗎？執政官大人，您把奧丁聯邦所有公民的人身安全交給這樣的傻貨能放心嗎？

封林把拇指和食指合攏成O型，放進嘴裡，響亮的打口哨。

棕離一邊跳舞，一邊瞪封林，眼睛裡滿是怨毒。

封林卻毫不介意，還對他拋飛吻，拍掌大笑，完全一副女流氓的樣子。

洛倫覺得封林姊姊的形象在她面前早就崩壞了，但是，其他人還不知道她的真面目啊！現在賓客們不只要擔心自己的人身安全，還要擔心奧丁聯邦的科研教育！

封林笑說：「棕離如果失業了，去做舞男也不錯！」

洛倫心驚肉跳，姊姊，妳做得這麼絕，不怕棕離將來搞報復，把妳做成人棍嗎？

她悄悄掃了眼周圍的人，只見執政官淡定地坐著，似乎完全不覺得現在的情形有什麼不對勁；邵菡不動聲色、作壁上觀；其他人都面無表情，只有紫宴含著笑看得津津有味。

滿場的沉默尷尬中，楚墨突然站起來，對辰砂說：「我有點手癢了，你呢？」

辰砂跟在他身後，淡淡問：「你選什麼？」

楚墨走到樂隊邊，揮揮手，示意他們都站到一邊去。他拿起小提琴，辰砂坐到鋼琴邊。小提琴拉了一個前奏後，鋼琴加進來，抑揚頓挫的樂曲明顯在配合棕離的舞步。有了音樂的伴奏，棕離的獨舞便沒有那麼尷尬了。

百里藍無聊地碰拳頭，嘟囔：「好多年沒玩了，倒真有點手癢。」

他連跑帶跳、一溜煙地衝過去，拿起鼓錘，搖頭晃腦地敲起鼓來。

左丘白看看紫宴，「一起嗎？」

紫宴懶洋洋地笑，無可無不可地說：「何必跟著他們去丟人現眼呢？」卻還是和左丘白一起離開了。

左丘白拿起大提琴的弓弦，弓弦輕揚，加入鋼琴和小提琴的合奏中。

紫宴卻是脫下外套，開始和棕離一起跳舞。

大概因為有人陪伴，棕離漸漸放鬆下來，跳得越來越自如流暢，舞姿不再滿是尷尬，竟也有幾分優美。

奏樂的四個男人好像越玩越嗨，你一段、我一段，時而獨奏、時而合奏，像是一個車隊的隊友們在飆車，一會兒氣勢驚人地一起碾壓別人，一會兒各逞心機想要幹掉對方。

激越的音樂聲中，棕離和紫宴兩個2A級體能的人充分發揮體能優勢，跳出了一般舞者絕對沒辦法做到的動作，並且越來越驚險刺激，惹得圍觀的賓客們忍不住驚呼鼓掌。

不知不覺中，六個男人把一個尷尬的惡作劇變成了一場華麗的聽覺和視覺盛宴。

洛倫側倚著椅子，靜靜地看著他們。

楚墨為了化解棕離對封林的怨恨，多管閒事下場伴奏；辰砂和楚墨情同兄弟，毫不遲疑地出手相幫；百里藍想起往日情份，湊熱鬧地下場；左丘白應該也是為了封林，還特意拉上會跳舞的紫宴；紫宴看似心冷嘴冷，卻甘做舞男，陪棕離跳舞。

不知道為什麼洛倫覺得眼前的一切很溫暖，似乎能讓人想起所有真實存在，卻終將流逝不見的美好時光。

那些年少輕狂、縱酒當歌的時光，一起闖禍受罰，一起高聲大笑；那些風華正茂、意氣飛揚的時光，以為朋友永遠不會分開，認定明天會更好，相信諾言一定會實現，覺得背叛和死亡只發生在影視故事裡……

邵茄感慨地對執政官說：「沒想到六位公爵感情這麼好，我們有血緣關係的兄妹都……哎！」

封林一言不發，不停地喝酒。

突然，她乾嘔一聲，朝大廳深處奔去。

洛倫抱歉地對邵茄笑笑，急忙去追封林。

只見封林衝進廁所，打開水龍頭，不停地往臉上潑水。

洛倫察覺到她不是真想吐，而是想掩蓋其他的東西，幫她掩上門，安靜地離開了。

＊　＊　＊

洛倫趴在露臺上，看到紫宴邀請邵茄跳舞，葉玠摟著一個年輕美麗的女子在翩翩起舞，其他賓客也都陸陸續續地開始跳舞。

楚墨把小提琴交還給之前的樂手，陪著棕離回到桌子邊。

辰砂、左丘白和百里藍也都陸陸續續坐回自己的位置。

一切恢復原樣。

花正好、月正圓，衣香鬢影、歡聲笑語。

洛倫卻覺得悵然若失。

封林趴到洛倫身邊，一手摟住她的肩，「妳藏著的祕密是什麼？」

洛倫身體僵住。

封林笑著低語：「妳肯定有祕密，我也有祕密。」

她端起酒杯，遙指執政官，「不是只有他一個戴著面具，我們都戴著面具。」

洛倫鬆了口氣。

封林歪著腦袋看執政官，「好奇怪！他怎麼會在？」

洛倫仰天無語。人家比妳到得還早呢！姊姊妳的眼睛幹嘛去了？

封林喃喃低語：「他戴著那鬼面具，吃不能吃，喝不能喝，平時從來不參加這種宴會的。」

洛倫指指邵茵公主和葉玠王子，為了接待他們吧！

封林不屑地譏嘲：「他們算什麼玩意？就算阿爾帝國的儲君來了，我們隨便哪一個招呼一下就很給面子了，哪裡需要執政官親自接待？」

洛倫覺得再繼續這話題，恐怕會引發兩國的外交衝突，急忙在虛擬螢幕上寫：「心情不好？」

封林喝著酒不吭聲。

洛倫以為她不會說時，她卻突然說起來：「妳相信嗎？小時候，我、棕離、紫宴、左丘白、百里藍才是一夥的。楚墨、辰砂和我們不一樣。他們有父母，我們沒有，他們天經地義擁有一切，可以懈怠犯錯，我們卻不可以！老公爵們只會留下最優秀的孩子，我們必須做到最好才能留下來。」

現在的人類生育率低，異種又格外艱難，不是每個異種都能有健康的後代，所以沒有自己孩子的公爵會挑選多個孩子培養，用不斷淘汰的辦法，從中選出最優秀的一個做為自己的繼承人。

「辰砂什麼都沒做就繼承了爵位，我們拚命努力還會被責罵。因此我們心裡忿忿不平，常常去欺負辰砂。那時候辰砂和妳一樣……」封林點點洛倫的鼻子，打了個酒嗝，「是個啞巴，最好欺負了！一直像個傻子一樣，完全不知道反抗！只要別打臉，不留下痕跡被大人發現，不管怎麼弄他，他都不會出聲。紫宴的鬼主意最多，我和棕離、百里藍總是被他當槍使，負責打頭陣。可是楚墨好討厭，每次都像辰砂的守護天使一樣，從天而降，把我們逮個正著。」

封林喝了口酒，瞇著眼睛回想，「真的好討厭！非常討厭！」

洛倫看看辰砂，完全沒辦法想像他是最容易欺負的那個。不過，執政官的確說過，他父母出事後，他就得了失語症，完全不和外界交流。

「告訴妳一個祕密，」封林把酒杯扔下，雙手環抱住洛倫的脖子，「我、喜歡、楚墨！」

洛倫無語。早就不是祕密了吧？不管別人知道不知道，反正她早已經知道了。

「我也不知道怎麼回事，明明討厭他的，怎麼會變成喜歡了呢？」封林醉眼朦朧，雙手捂住緋紅的臉頰，一副少女懷春的嬌羞樣子，「不過，他保護辰砂的樣子真的好帥！最喜歡看他義正辭嚴地訓斥我們了。嗯……不對！最喜歡的是看他脫掉衣服和百里藍、棕離他們打架……」

洛倫雙眼發直，急忙拿了杯酒給封林。姊姊您還是趕緊醉暈過去吧，再說下去，我明天就會被妳滅口了。

封林咕咚咕咚把一杯酒灌下去，「大家都說我是天才，其實，我沒那麼聰明。」

封林挑起洛倫的下巴，瞇著眼睛，女流氓地問：「知道我為什麼喜歡妳嗎？」

洛倫搖頭。

「因為……妳讓我想到楚墨，你們都是真正的天才！楚墨的父親是奧丁聯邦最傑出的基因專家，他本來應該子承父業，但是他選擇了去做醫生。當年如果不是他臨時改變志向，我說不定……就被淘汰掉了！」

真的不能再聽下去了！否則不是被封林滅口，就是被其他人滅口！洛倫趕緊遞一杯酒給封林。

封林仰頭一口氣喝完，腳步虛浮地抱住洛倫，趴在她肩頭喃喃低語：「我想多一點時間和楚墨在一起，不管他們樂意不樂意，又耍賴皮又哄騙地把他們都弄來……白天大家的學習任務都很重，只能晚上練習……排練了很久，打算新年時表演給執政官看……結果我在體能訓練中受了傷，本來是我和紫宴的雙人舞，棕離不想大家的心血白費，臨時代替我去跳……」

封林的眼淚潸然而下，一顆顆浸濕了洛倫的衣衫。

還記得當時的月亮很美，雲在天上、風在林，樂聲悠悠、笑聲悠悠……究竟什麼時候，一切都變了……

＊ ＊ ＊

辰砂走過來，看著洛倫懷裡昏睡的封林，「醉了？」

洛倫點頭。

「我叫人送她回去。」

洛倫發不出聲音，只能擺手，辰砂卻立即明白她的意思，「妳想讓她今晚睡在我們家？」

洛倫點頭。

即使醉暈過去，今夜的封林也肯定不想孤單一個人。給不了她真正想要的，但至少能陪伴她一夜。

「好。」辰砂同意了。

洛倫抱起封林，把她送到自己房間。

＊　＊　＊

洛倫幫封林脫掉鞋子、蓋好被子後，坐在床邊，怔怔地看著封林。

浩瀚的星際中，萬事萬物都逃不過時間，都會隨著時間的流逝衰老死去，唯有記憶不受時間法則的約束，甚至會隨著時間的流逝變得越發清晰。

那些生命裡經歷過的歡笑、悲傷，被貯藏在人類的大腦裡，明明沒有絲毫重量，渺小若塵埃，卻比滿天星辰更閃耀璀璨，能讓生命無比豐盈。

洛倫本來已經放棄了追尋自己的過去，可看到封林因為年少時的記憶悲傷哭泣時，她突然很想知道自己過去的記憶裡有什麼。

是不是也有不解世事的調皮搗蛋、年少輕狂的歡笑悲傷呢？

不見得會有一群時而吵架、時而要好的夥伴，但時光不可能一片空白，總會有某個人、某些事，因為溫暖了歲月，而被珍藏在記憶中吧！

洛倫輕歎口氣，真的不願意出去，她也想就這麼躺下來，睡他個天昏地暗。但是，這是為她舉行的宴會，而且，外面還有一隻魔鬼。

洛倫打起精神走出去，看到辰砂竟然還等在門口。

她抱歉地笑笑，指指樓梯，示意可以下去了。

辰砂沒有動，欲言又止，表情隱隱有點尷尬。

洛倫挑眉，怎麼了？

「有時間嗎？」

她現在看上去很忙嗎？

「我想和妳談一談。」

洛倫捋好裙子，靠牆坐下，拍拍身旁，談吧！

辰砂坐在她身旁，洛倫側頭看著他，等著他開口。

辰砂沉默了一會，打開個人終端機的螢幕，讓她看一份檔案，「這是執政官傳給我的資料，他說妳和葉玠應該感情不錯，要我多留意，不要怠慢了他，資料可能不足，最好能和妳商量一下，聽聽妳的意見。」

洛倫覺得辰砂剛才想說的並不是這個，不過現在顧不得細究。她湊到螢幕前，仔細看起來。

邵茵公主和洛倫公主比起來，是貨真價實的公主。她是阿爾帝國皇帝的女兒。據說三十幾個兄弟姊妹中，她對洛倫公主最照顧，兩人感情一直不錯。

葉玠是阿爾帝國現任皇帝的姪子、上一任皇帝的獨子。葉玠的父親在原始星球遇見獸潮，不幸遇難，當時葉玠還未滿一歲。葉玠的叔父繼承了皇位，傳聞他承諾葉玠的母親會在葉玠成年後把葉玠定為儲君，可惜沒多久葉玠的母親就因為悲痛過度去世，這個承諾不可能再兌現，甚至究竟有沒有這個承諾，都成了不解之謎。

洛倫公主的父親和葉玠的父親是堂兄弟，承擔了撫養葉玠的責任。

八年後，他在一次星際旅行中意外身亡，當時，葉玠十歲，洛倫七歲。

洛倫的母親不是阿爾帝國的人，傳聞出身不好，性格又古怪，在皇室中非常受排擠。丈夫去世後，她和皇室的關係更加緊張，便帶著兩個孩子搬離阿爾帝國的行政星，去了最偏遠的藍茵星。

洛倫公主還沒有成年，母親就病逝。阿爾帝國的皇帝把兩個孩子接回行政星，可葉玠品行不端，闖了幾次大禍。皇帝下令他去參軍，希望他父親的老下屬能幫忙管教，可他竟然逃跑，氣得他的叔父皇帝差點要全星際通緝他。

相較於葉玠，洛倫公主就是乖乖女了，聽從皇帝的安排去上大學，讀的是最適合女孩子的資訊管理系，又聽從皇帝的安排進入帝國圖書館工作，每天上班下班，偶爾參加一下皇室聚會，從不惹是生非，循規蹈矩地過了十多年，直到被皇帝挑中，出嫁到奧丁聯邦。

洛倫看完後，仔細想了想。

如果穆醫生是真的葉玠王子，她就能理解葉玠隱瞞身分、阻止洛倫公主嫁到奧丁聯邦的做法，也能猜到真的洛倫公主借助她成功擺脫皇室，換了個身分，自由自在地生活，但前提是眼前這個葉玠王子是真的，而不是和她一樣是個冒牌貨。

還有，她究竟是機緣湊巧、誤入棋局，還是從一開始就是一枚棋子？真是一團亂麻啊！洛倫不自覺地揉揉太陽穴，覺得頭很痛。

「有什麼需要我注意的嗎？」辰砂問。

洛倫搖搖頭，表示沒有。

辰砂突然說：「我不好欺負。」

咦？洛倫看看螢幕，上面是葉玠王子和洛倫公主的資料，和你好不好欺負有什麼關係？

「封林說的不對。」

「……」

洛倫拍了一下額頭，又忘記3A級體能的人有多逆天了。她猛地抓住辰砂的手臂，天哪，不會封林說的話全被你們聽到了吧？

「我和執政官肯定聽到了，別人不一定，要看他們的異能是什麼。」

洛倫用嘴型無聲地問：楚墨？

「他的異能不是聽力。」

洛倫鬆了口氣，不用擔心被滅口了。

「我六歲的時候，父母意外去世，因為創傷症候群，我得了失語症。不是封林說的又傻又呆的啞巴，只是拒絕和外界交流。」

洛倫很困惑。她早知道辰砂不是封林說的又傻又呆的啞巴，但辰砂為什麼要特別對她解釋呢？

這絕對不是他的個性。

「五年後，我病好後，把紫宴狠狠揍了一頓，他們就不敢再惹我了。」辰砂為解釋做了一個簡單的總結，「我不好欺負。」

洛倫實在不知道該怎麼反應，這是小孩子在求肯定嗎？看來當年的心理陰影面積不小，她雖然是醫生，但不是心理治療師啊！

洛倫想了想，決定拍拍他的頭，表示：乖！阿姨知道了！

手還沒落到辰砂頭上，就被他抓住了。他冷冷地說：「根本沒聽懂我說什麼，就不要不懂裝懂。」

洛倫滿臉尷尬，訕訕地縮回手。

辰砂看向螢幕上邵菡和葉玠的介紹資料，「從妳聽說姊姊、哥哥要來後，妳就一直很緊張。」

洛倫立即寫：多年沒見，當然會緊張。

辰砂盯著她，「……甚至害怕。」

洛倫一邊乾笑，一邊寫：怎麼可能？他們是我的姊姊、哥哥，我害怕什麼？

辰砂一直盯著她，洛倫漸漸笑不出來了。不知道是不是因為辰砂有野獸的基因，他的直覺犀利敏銳得可怕。

辰砂說：「不管妳過去經歷過什麼，現在妳在奧丁聯邦，是我的人。我不是個好欺負的人，妳無需害怕他們！不高興見他們，就趕他們走！如果當年有怨，想打就打。把體能練那麼好，不就是用來揍人的嗎？」

洛倫忽地淚盈於睫，猛地轉過頭。

辰砂把她當成真的洛倫公主，以為她因為父母雙亡，曾經被邵菡和葉玠欺辱過。他強調自己不好欺負，只是想鼓勵她不用再忍氣吞聲、委曲求全，他願意為她撐腰。

可是，她不是……真的洛倫公主！

辰砂站起，「不想見他們就不用下去了，早點休息。」

洛倫等了一會兒，才回過頭，空蕩蕩的走廊裡，已經只剩下她一個。

✷　✷　✷

早上。

兩個蓬頭垢面的女人並排躺在床上，看著屋頂發呆。

封林幽幽地問：「十一年了，妳一次都沒有睡過辰砂？」

事實擺在眼前，洛倫沒辦法否認。

「因為千旭？」

洛倫沉默。

封林歎息，「如果我不把妳帶去研究院，妳沒有遇到千旭，也許現在……」

洛倫拍拍封林的手臂，打斷她的話。不管有沒有遇到千旭，她和辰砂之間都不可能改變，因為辰砂娶的是洛倫公主，不是她這個冒牌貨。

封林突然想起什麼，「對了，妳傳訊息要我幫妳查一下千旭以前用過的名字，什麼意思？」

洛倫在虛擬螢幕上寫：「孤兒院裡找不到他的住宿記錄，千旭應該是他後來改的名字。」

雖然不管千旭叫什麼名字，都是她愛的男人，可她依舊想沿著他生活過的軌跡多瞭解他一些。不可能再擁有多一點的未來，能擁有多一點的過去也是好的。但是，沒想到葉玠會突然出現，想瞭解千旭過去的願望也不可能實現了。

封林嘟囔：「要是去紫宴那裡工作，別說換名，就算換臉都很正常，可他一個普通軍人換什麼名字？我去幫妳查查。」

洛倫想說「不用了」，但又沒辦法解釋，只能由她去。

封林翻身坐起，去浴室，「妳這幾天要陪妳姊姊、哥哥，不用去上班了！」她一邊沖澡，一邊和洛倫大聲說話，也不介意洛倫不能回答，自顧自地東拉西扯。

陽光透過半開的窗簾射入，屋子裡一半明亮、一半晦暗。

封林的說話聲，有一搭、沒一搭，空氣中滿是慵懶的氣息。

洛倫懶懶地躺在床上，不願起來。

因為知道自己鳩占鵲巢，一直以來她都沒把這裡當成自己的家，可這一刻，她突然無限留戀這種平淡瑣碎的安寧溫馨。

但是，謊言遲早會被戳穿，所有的幻象都終將破滅。等封林知道她是個假貨，只怕就會視她為敵了。

* * *

封林裹上浴巾，走出浴室，一抬頭看到洛倫就站在她眼前，被嚇了一跳。

洛倫的頭上頂著桃心狀的虛擬螢幕，上面寫著一行字：「不管將來發生什麼事，我都希望妳知道，我的心是真摯的，感情也是真摯的！」

封林翻了個白眼，不耐煩地把洛倫撥拉到一邊，「我喜歡男人！要表白去找辰砂表白！」

洛倫咧著嘴笑，在螢幕上寫：「妳幫我轉告他吧。」

封林狐疑地回過頭看她，「妳怎麼了？古古怪怪的？」

洛倫猛地拽開她的浴巾，封林「啊」一聲驚叫，一邊急忙去拉浴巾，一邊破口大罵：「死丫頭！妳不想活了嗎！」

洛倫笑著跑進浴室，反鎖上門。

她背靠著門，眼裡淚光閃動。不管怎麼說，也算是道過別了！

Chapter 19

絕地復仇

那些丟失的記憶，曾經心心念念想要找回來，
現在卻害怕它們的出現。

第一天，紫宴安排邵菡公主和葉玠王子遊覽了阿麗卡塔幾個有名的風景區。

第二天，紫宴安排他們去冒險家樂園。

冒險家樂園在奧丁聯邦很有名，星網上遊客評選阿麗卡塔星必去的十個地方，它位列第一。遊樂園利用特殊的建築材料、先進的科學技術和大量的金錢，按照古地球時代的八卦圖建造了六十四個截然不同的生態圈，可以讓遊客用最短的時間玩遍星際間最刺激的地方。

「冒險家」的難度有三級，每一級又有高、中、低三種選擇。不但能滿足普通人的冒險情結，還能讓體能好的人在不能去實地冒險時先過過癮，所以這個遊樂園非常受歡迎，洛倫和千旭也曾去玩過。

洛倫記得，兩人笑談時，千旭告訴她，軍校中祕密流傳著三級之上還有一個神級難度，不過，不對遊客開放，只會在特殊情況下被激發出來。以至於每年畢業季，都有軍校的畢業生來挑戰，看看誰能激發出神級難度。這麼多年下來，神級難度沒出現，倒是出現了一堆無厘頭的搞笑事件。

進入遊樂園後，遊客們可以單獨冒險，也可以組隊冒險；可以自帶探險裝備，也可以由遊樂園提供，唯一必須遵守的原則，就是不能挑戰超越自己體能級別的難度。

遊樂園的智腦自動識別，顯示出洛倫、紫宴、辰砂的體能是A級，邵茵盯著洛倫看了一眼，雖然表情有點古怪，卻什麼都沒問。

邵茵和葉玠提供的資料一個是D級體能，一個是B級體能。遊樂園規定冒險難度由團隊裡最低體能的人決定，也就是他們組隊的話，只能玩兩顆星的難度，不過，因為團隊裡有三個A級、一個B級，可以選擇兩顆星裡最難的。

邵茵抱歉地說：「拖累大家了。」

紫宴笑說：「我們又不是真來冒險，邊玩邊聊不是很好嗎？」

紫宴詢問他們想去哪裡玩，邵茵想坐船，選擇了彩虹森林，一個悶熱潮濕、植被茂密的地方。因為水源充沛、人跡罕至，樹木長得又高又密，幾乎看不到太陽，明明是大白天，卻像是薄暮昏冥。

五個人乘坐小船行駛在時寬時窄的河流中，葉玠自告奮勇坐在船頭開船，邵茵和紫宴坐在中間，洛倫和辰砂坐在最後。

邵茵說：「除了有點陰森嚇人，好像不怎麼可怕嘛！」

紫宴突然甩出一張塔羅牌，把幾隻大概十幾釐米長的蚊子拍死在船緣上。

紫宴說：「鳳尾蚊，彩虹森林的特殊物種，嘴巴利如劍，可以刺透最結實的探險服，毒性不會致死，但會讓人產生幻覺。」

邵菡好奇地問：「恐怖的幻覺？」

紫宴笑，「恰恰相反，是非常美妙的幻覺，讓人覺得像是置身天堂，只想躺下來享受。」

「咕咚」一聲，一隻捕獵沒有成功的闊嘴鱷合攏嘴巴，緩緩沉下水面，岸邊的大樹上，一隻巨蟒逃過一劫，繞著樹幹急速遠去。

邵菡臉色發白。在這種地方躺下來享受，和等死沒有任何區別。

她忍不住往紫宴身邊靠了靠，「都是假的吧？」

紫宴收回塔羅牌，讓她看鳳尾蚊的屍體，毫無疑問是一隻真的鳳尾蚊。

「要全是虛擬的幻象，大家何必跑來這裡玩？在家裡玩遊戲就好了。有真有假，逼得置身其間的遊客必須認真對待，才刺激有趣。別忘了，遊樂園只承諾不會有生命危險，可沒說不會受傷。」

邵菡吃驚地瞪著眼睛，不是星網上票選的必去造訪之地嗎？難道真有這麼多被虐狂願意花錢買罪受？

「葉玠，星網上的投票是真的嗎？」

葉玠哈哈大笑，「肯定是真的，我的不少朋友還專程跑來玩呢！」

有辰砂和紫宴坐鎮，一路遇蟲殺蟲、遇獸殺獸，本應該波瀾起伏的冒險旅程完全變成風平浪靜的觀光遊覽，甚至連船都沒有下，一路平安地到達終點。

離開時，邵菡好奇地問：「如果是三顆星的難度，會是什麼樣子？」

「鳳尾蚊不是幾隻、幾十隻地出現，而是成百上千隻一起出現。」

邵菡拍拍胸口，做了個怕怕的表情。

幾個人沿著出口走到傳輸點，智腦詢問他們是繼續遊玩，還是離開。

大家當然選擇了繼續遊玩。

智腦詢問目的地，邵菡左思右想，難以決定，最後一咬牙，閉著眼睛在地圖上隨便一點。

「美雅拉島！」

主隨客便，沒有人反對。

五個人各自上了傳輸艙，智腦提醒他們繫好安全帶。

幾分鐘後，三個傳輸艙出現在通往美雅拉島入口的傳輸點。

艙門打開，辰砂、紫宴、邵菡陸續走出來。

邵菡左右看看，奇怪地問：「葉玠和洛倫怎麼還沒到？」

辰砂神情凝重，詢問智腦，「我們的另外兩個同伴在哪裡？」

「他們已經退出，組隊挑選了其他地方。」

「哪裡？」

「抱歉，沒有辦法回答您的問題。」

辰砂聞言立即衝進傳輸艙，眨眼間就消失不見。

邵菡驚訝地問：「葉玠和洛倫想去別的地方玩為什麼不告訴我們？」

紫宴笑了笑，風度翩翩地說：「公主，行程不得不暫時取消了，我們回去吧。」

邵菡想說什麼，可看了眼紫宴，心裡一寒，不敢再吭聲。

＊　＊　＊

洛倫和葉玠出現在通往九幽天坑入口的傳輸點。兩人走下傳輸艙，葉玠笑瞇瞇地問：「為什麼要約在這裡單獨見面？」

洛倫一言不發地摘下手腕上的個人終端機，示意葉玠照做。

「其實沒必要，我已叫人入侵了遊樂園的智腦，病毒會暫時抹去我們的所有痕跡。」

洛倫伸著手，不為所動。

葉玠看她很堅持，只好也取下手腕上的個人終端機。

洛倫把兩個終端機隨意扔到一個傳輸艙的座位底下，自己上了另一個傳輸艙，文字輸入目的地：雙極圈。

葉玠走向另一個傳輸艙，「去哪裡？」

洛倫冷冰冰地說：「分開走，十分鐘後，岩林見。」

洛倫一連去了四個地方，換了四次傳輸艙，十二分鐘後趕到通往岩林入口的傳輸點。

葉玠已經等在那裡，倒是沒有計較洛倫的故意遲到。

✷ ✷ ✷

夜色蒼茫，怪石嶙峋的岩石森林。

洛倫和葉玠戴著護目鏡，一前一後地走著。

葉玠說：「聽說妳在這裡突破到A級體能的？」

洛倫沉默地看著眼前熟悉的景致，心中滿是悲傷。景致可以複製，人卻無法複製。

葉玠問：「這裡應該對妳有特殊意義吧？」

洛倫依舊不說話。

葉玠站定，「說話！」

洛倫問：「我是誰？」

「妳是我最愛的女人。」葉玠咧著嘴，笑得十分不羈。

「你是誰？」

「我自然是妳最愛的男人了！」

洛倫倒是不見動怒，「看來從你嘴裡問不出真話了。」

她猛地攻向葉玠，葉玠飛速後退，跳到一塊聳起的岩石上。

洛倫冷嘲：「B級體能？」

葉玠笑得坦然自若，「撒謊的人又不是我一個，難道那隻花蝴蝶和妳的假老公是A級嗎？」

洛倫懶得再和他廢話，踢起地上的一塊岩石砸向他的頭，整個人躬起身子，像一隻獵豹一般撲了過去。

葉玠邊躲邊說：「不錯！真沒想到妳竟然能成為A級體能者！」

洛倫不吭聲，只攻擊，招招狠辣，全是不要命的打法。

葉玠開始覺得不對勁，不可思議地問：「妳想殺我？我到底哪裡得罪妳了？」

洛倫一拳直擊他面門，「我最後再問一遍，我是誰？你是誰？」

葉玠側身躲開，抓住她的手腕，從背後反鎖住她的脖子，在她耳邊說：「我也再說一遍，妳是我最愛的女人，我是妳最愛的男人。」

洛倫怒極，一腳狠狠踩在葉玠腳上，一腳踩在面前的岩壁上，從葉玠的頭頂凌空倒翻過，順勢狠狠一腳踢在他的後心上，將他踹飛出去。

葉玠回身，擦一下嘴角的血，拿出一管藥劑，「妳把這藥注射進體內，就什麼都明白了。」和之前一模一樣的注射器。洛倫像看白癡一樣看著他，「你自己注射自己吧！」

她一拳接一拳，接連不斷地進攻。

葉玠火了，「妳逼我用強，是吧？」

他不再單純地閃躲防守，開始回擊。

兩人拳來腳往，纏鬥在一起。

不管是戰鬥經驗，還是戰鬥技巧，明顯都是葉玠更高，但他的目的不是殺死洛倫，而是想制伏洛倫，把藥劑注射進她體內。

洛倫卻是不顧性命，一心只想殺了他。

一個束手束腳，一個拚盡全力，一時間竟然難分勝負。

當洛倫又一擊殺招攻過來時，葉玠為了自保，不得不一拳打在洛倫腹部，把洛倫擊飛出去。

洛倫重重摔在地上，吐出一口血。

葉玠表現得像是他自己受了傷一般，氣急敗壞地問：「我究竟做了什麼，讓妳非殺我不可？」

洛倫半跪在地上，撐起上半身，「我也想知道我究竟做了什麼，讓你步步緊逼？」

「就算我找了妳三次麻煩，但從來沒有想殺妳，也沒真的傷害到妳，咱們可沒有生死之仇！」

「沒有仇？你讓我失去了至愛之人！」洛倫憤怒地吼。

如果可以，她寧可自己死，也不願千旭為了保護她而異變，最後被誅殺。

葉玠憤怒地叫：「什麼狗屁至愛之人！遊戲到此結束！」他臉色鐵青，飛撲過來。

洛倫飛快地後退，「是該結束了！」

兩人一追一逃，突然，一聲咆哮從天上傳來。

洛倫早有準備，立即躍下岩石，把自己藏在岩石下，葉玠頓時成了野獸的目標。

一隻三米多長的岩風獸從高空俯衝而下，撲殺葉玠。

葉玠就地一個翻滾，躲開岩風獸的第一次攻擊。

他翻身躍起時，雙手從靴子側面抽出兩支又細又長的六角形匕首。

當岩風獸再次發動攻擊時，他迎著岩風獸直衝過去，身若遊龍、迴風舞雪，把兩支匕首插入岩風獸的左翼上，又絲毫沒有停滯地飛掠後退。

半空中，他雙手握著已經失去匕身的匕首柄往靴子兩側一插，兩枚又細又長的六角形金屬刺卡到匕首柄裡。

他握著新的匕首，順勢而下，把兩枚匕首插進岩風獸的左前腿裡。

岩風獸憤怒地悲嚎，想合攏雙翅絞殺他，他拔地而起，像一縷風般從兩個翅膀的間隙衝上去。岩風獸張開嘴想咬他，他不閃不避，迎著血盆大口飛掠而上，將兩把匕首直接插進岩風獸嘴裡。

岩風獸張著合不攏的嘴，淒厲的鳴叫。

葉玠已經翻身向前掠去，握著匕首柄的手再次在長靴兩側插了一下，左手的手柄消失不見，右手裡又是一把新匕首。他頭也不回地把匕首向後甩去，又長又細的金屬刺正好刺入憤怒地撲向他的岩風獸的咽喉裡。

他身形未停，足尖在一個聳立的岩筍上輕點一下，繼續飛掠向前。

在他身後，岩風獸搖搖晃晃了一會兒，一聲巨響，摔倒在地上。

葉玠落在洛倫藏身的巨岩上，對一直作壁上觀的洛倫得意地眨眨眼睛，笑嘻嘻地說：「想靠一隻野獸就殺了我？太天真了！」

葉玠伸出手，朝洛倫走來，「跟我走！我一定會解釋清楚一切。」

洛倫慘笑著後退，現在她不得不相信葉玠和她不是陌生人了。

他們彼此一定認識，因為她為了體能晉級去捕殺岩風獸時，用的就是這樣的匕首，連擊殺岩風獸的方法都一模一樣，只不過她笨拙生澀，葉玠揮灑自如，輕輕鬆鬆就殺死了一隻成年的岩風獸。

洛倫記得，當時千旭還說她肯定以前見過人用匕首和猛獸搏鬥，才會潛意識選擇這種兵器。

葉玠想牽她的手，「相信我！等妳想起一切，至愛之人什麼的都是一個笑話！」

洛倫躲開了他，「千旭絕不是笑話！」

葉玠恍然，鄙夷地說：「原來是那個總是纏著妳的病秧子！這種廢物妳根本不可能看得上！」

大風忽起，岩林裡響起嗚嗚咽咽的悲鳴聲。

葉玠皺眉，警戒地看向四周。

洛倫說：「我再天真也沒指望幾隻岩風獸就能殺死龍血兵團的龍頭！你沒有去過真正的岩林吧？那裡最恐怖的可不是岩風獸。」

葉玠說：「這只是人工建造的生態圈，就算最高級別的難度，不過是刁難一下A級體能者。」

「還有一個絕不會對遊客開放的神級難度。你剛才不到兩分鐘就殺死了一隻成年岩風獸，已經觸發神級難度。」

岩林裡的風越來越大，漫天飛沙走石。

洛倫和葉玠都體能不凡，卻搖搖晃晃，站都站不穩，不得不跳下岩石，借助一塊塊巨大的石塊阻擋狂風。

葉玠記得幾十米外有一個縫隙，可以暫時躲避一下。他一手抓住洛倫，把她護在身後，一手握著匕首，擋開那些隨著狂風呼嘯而來的石頭。

洛倫擊向他的脖子，想要逼他放手，葉玠卻硬是沒有鬆手，只是擰了下身子，讓那一拳落到後肩上。

與此同時，他還幫洛倫把幾塊砸向她的石頭一一擋開，自己卻被一塊尖銳的大石砸到腿上。瞬間，鮮紅的血就冒了出來。

他卻連眉頭都沒皺一下，把自己的匕首塞到洛倫手裡，完全不關心她是否會用匕首要他的命。

他拔出另一把匕首，迎著狂風，艱難地向前走著。

洛倫揚起匕首，想刺穿他的咽喉，卻半途不得不轉向，先打碎一塊砸向自己的石頭。

一塊又一塊石頭接連不斷地砸過來，她只能不停地揮舞著匕首。

風越來越大，整個天地晦暗不明。

大石頭能躲開或者擋開，鋪天蓋地的小碎石卻沒辦法躲避，只能硬抗。

兩個人裸露在外面的肌膚被碎石劃破，變成了兩個血淋淋的血人。葉玠一直走在洛倫前面，盡力用身體護著洛倫，幫她擋去碎石，變得尤為恐怖，一隻耳朵都被削掉了。

兩個人終於艱難地移動到岩石的裂縫處，可是裂縫只能容納一個人。

葉玠把洛倫往裡推，想用自己的身體封住縫隙，保她安全。

到這一刻，洛倫就算再多疑，也不得不相信，她和葉玠不僅僅是認識，還肯定關係匪淺。否則龍血兵團的龍頭不會明知她設計殺他後，還以命相護。

洛倫淚盈於睫。她究竟是誰？千旭的死究竟是誰害的？

悲痛絕望中，她突然把匕首狠狠扎進葉玠的左肩，趁機從他手臂間溜了出來。

葉玠顧不得疼痛，急忙用另一隻手抓住洛倫，卻不是想報復傷害她，而是想把她推回縫隙，可洛倫又是狠狠一下扎到他右臂上。

葉玠兩手被廢，再也拉不住洛倫。

狂風怒號，葉玠一臉震驚悲痛，洛倫滿臉決然。

葉玠掙扎著伸出血淋淋的手，像是哀求洛倫留下。

洛倫卻義無反顧，翻身躍上岩石，縱身風中，像一隻斷線的風箏一樣隨著翻捲怒號的狂風飄然遠去。

葉玠淒厲地大叫，卻很快就被肆孽的狂風吞噬得一乾二淨，天地間只剩下絕望。

洛倫感受到葉玠對她情深義重，但千旭因他而死，她無法饒恕他，也不能饒恕自己，只能廢他雙臂、以死相別。

那些丟失的記憶，曾經心心念念想要找回來，現在卻害怕它們的出現。

不敢念過去，不能想未來，只能把一切終止於現在。

一塊石頭砸到洛倫頭上，洛倫抬了抬手，下意識地想抓住什麼，可終究無力地垂下。意識消散前，她心頭閃過一句話——

十餘載光陰，掙扎求生，卻終是逃不過身如浮萍、命似蜉蝣。

——散落星河的記憶：第一部【迷失】下卷卷終

散落星河的記憶
第一部 迷失 (下)

茶蘼坊42

作　　者　桐　華

總 編 輯　張瑩瑩
副總編輯　蔡麗真

責任編輯　蔡麗真
協力編輯　黃怡瑗
美術設計　洪素貞 (suzan1009@gmail.com)
封面設計　周家瑤
行銷企畫　林麗紅

社　　長　郭重興
發行人兼出版總監　曾大福
出　　版　野人文化股份有限公司
發　　行　遠足文化事業股份有限公司
地址：231 新北市新店區民權路 108-2 號 9 樓
電話：（02）2218-1417　傳真：（02）8667-1065
電子信箱：service@bookrep.com.tw
網址：www.bookrep.com.tw
郵撥帳號：19504465 遠足文化事業股份有限公司
客服專線：0800-221-029
法律顧問　華洋法律事務所　蘇文生律師
印　　製　成陽印刷股份有限公司
初　　版　2017 年 9 月

國家圖書館出版品預行編目 (CIP) 資料

散落星河的記憶 / 桐華著 . -- 初版 . -- 新北市 : 野人文化出版 : 遠足文化發行 , 2017.09
冊；　公分 . -- (茶蘼坊 ; 41-42)
ISBN 978-986-384-230-9(全套 : 平裝)

857.7　　106014723

散落星河的記憶

線上讀者回函專用 QR CODE，您的寶貴意見，將是我們進步的最大動力。

野人文化
讀者回函卡

書　名 ____________________

姓　名 ____________________ □女 □男　年齡 ________

地　址 ____________________

____

電　話 ____________________ 手機 ____________________

Email ____________________

□同意 □不同意　收到野人文化新書電子報

學　歷 □國中(含以下) □高中職 □大專 □研究所以上

職　業 □生產/製造 □金融/商業 □傳播/廣告 □軍警/公務員
□教育/文化 □旅遊/運輸 □醫療/保健 □仲介/服務
□學生 □自由/家管 □其他

◆你從何處知道此書？
□書店：名稱 ____________　□網路：名稱 ____________
□量販店：名稱 ____________　□其他 ____________

◆你以何種方式購買本書？
□誠品書店 □誠品網路書店 □金石堂書店 □金石堂網路書店
□博客來網路書店 □其他 ____________

◆你的閱讀習慣：
□親子教養 □文學 □翻譯小說 □日文小說 □華文小說 □藝術設計
□人文社科 □自然科學 □商業理財 □宗教哲學 □心理勵志
□休閒生活（旅遊、瘦身、美容、園藝等） □手工藝／DIY □飲食／食譜
□健康養生 □兩性 □圖文書／漫畫 □其他 ______

◆你對本書的評價：（請填代號，1. 非常滿意　2. 滿意　3. 尚可　4. 待改進）
書名 _____ 封面設計 _____ 版面編排 _____ 印刷 _____ 內容 _____
整體評價 _____

◆你對本書的建議：

____

____

____

____

野人文化部落格 http://yeren.pixnet.net/blog
野人文化粉絲專頁 http://www.facebook.com/yerenpublish

廣 告 回 函
板橋郵政管理局登記證
板 橋 廣 字 第 143 號

郵資已付 免貼郵票

野人

23141
新北市新店區民權路108-2號9樓
野人文化股份有限公司 收

請沿線撕下對折寄回

野人

書號：0N003109